いかがなものか

群ようこ

集英社

いかがなものか

目次

いかがなものか

1

私は悪くない

私はいつもラジオを聴きながら仕事をしている。よく聴く番組では毎日テーマを決め、リスナーからメール等でそれにまつわる体験談などを募集し、紹介している。少し前になるが「冤罪《えんざい》」というテーマで体験談を募集していた。「冤罪」といっても大それた深刻なものではなく、子供の頃に、自分はつまみ食いをしていないのに親に疑われたとか、ささやかな悪事を自分のせいにされたといった、たわいもないものだった。

番組には天気予報のコーナーが何回かある。日替わりで登場する気象予報士の人たちにも、ＭＣがその日のテーマについて、何か体験談はありますかとたずねる。その日も担当の気象予報士の女性に、

「『冤罪』の経験はありますか」

と聞いていた。すると彼女は、

「予報が当たらないといわれるのは、私にとっての冤罪です」

といった。そして、

「はあ……」

とMCの女性がとまどったような雰囲気になると、続けて、

「予報が当たらないのは私のせいじゃない！　天気が悪いんです」

といい放ったのである。それを聞いた一緒に番組を進行しているMCの男性が、

「そういうことをギャンブル場の予想屋のおっさんがいったら、袋叩きに遭いますけどねえ」

とうまく笑える方向に持っていったので、その場は何とか収まった。しかし私はそれを聴いて、

「この人、どうして気象予報士の仕事をしているのかな」

と仕事の手を止めて考えてしまったのだった。

私も天気予報を参考にして、

「全然、当たらなかったじゃないか」

と思うことはしばしばある。当たっているときは何とも思わないのに、当たらないときは文句をいいたくなる。勝手なものである。なかには直接、メールやツイッター等で気象予報士にクレームをつけてくる人もいるのだろう。しかし多くの人は、天気が自分たちのままならないことはよくわかっている。そもそも自然現象である天気を、完全に当てること自体が無理な話なのだから、はずれても仕方がないのである。なのでとりあえずぶつくさいったとしても、気象予報士個人に対して、文句をいっているわけではない。

私は気象予報士という資格ができてから、天気予報は当たらなくなったんじゃないかという原稿を書いた記憶がある。しかし今から思えばそのあたりから、気象を取り巻く環境が変化して、以前とは違う傾向を示すようになり、予測が難しくなってきたのかもしれない。ただ最近は、人物の経歴等がインターネットで簡単に検索できるので、それによって、

「こいつは気にくわない」

と感じた輩《やから》に攻撃されることはありそうだ。彼女もこのような物いいをするタイプなので、彼らにターゲットにされた、不愉快な経験があった可能性はある。

私は原稿を書くにあたり、先入観を持たないように、彼女の経歴については検索しなかった。しかし百歩譲って、彼女がそうだったとしても、仕事をしている社会人として、また公に自分の予報を発表する立場として、

「私は悪くない」

ときっぱりといいきってしまう神経。これが私にはひっかかったのである。テレビのバラエティ番組で、気象予報士の資格を持つ石原良純が、出演者に、

「全然、予報が当たらないね」

とからかわれ、

「俺のせいじゃねーよ」

と叫んで、笑われるのとは違うのだ。

たとえば一般企業で働いている会社員でも、自分は悪くないのに、社内のもろもろのままならない事情で、頭を下げなくてはならない場合がある。内心、

(自分は悪くないのに)

と思っていても、詫びなくてはならない状況が多々あるのだ。そしてそのときは自分が悪くなくても、いつか同じミスをしてしまう可能性がある仕事への緊張感や真摯《しんし》な気持ちが、頭を下げさせるのではないかと思う。すべてをのみこんで、自分が頭を下げるのが大人なのである。

しかし彼女はそうではなかった。私が観た限りでの話だけれど、テレビに出演している気象予報士の方々はみな低姿勢で、他の出演者から、

「この頃予報が当たりませんね」

といわれると、

「すみません。前線の動きが複雑になっていまして、予測をするのが難しいんです」

と恐縮して説明してくれる。観ているこちらも、それはそうだろうなと納得する。

「まあ当たらなくても仕方がないが、とりあえず参考にしておこう」

といったスタンスになる。もしもこのような場で、ラジオに出演していた気象予報士の女性が、

「この頃予報が当たりませんね」

といわれて、

「私は悪くないです」

といいきったら、その場にいるスタッフ全員と視聴者が、

「はあ？」

となってしまうのは間違いないだろう。

気象予報士になるのは、とても大変だと聞く。合格率は五・五パーセントの難関らしい。それに合格するのだから優秀な人たちが揃っているのだろうし、まず気象が好きだから受験をしようと決めたのだろう。しかし私は件《くだん》の女性に対して、どうして気象予報士になったのかと首を傾《かし》げたのは、

「天気が悪い」

と自分ではなく天気のせいにしたからである。自分が関わっている仕事に対して、そんなふうにいえるなんて、特に気象予報士の彼女にとっては研究対象でもあるはずなのに、それに愛情を持っているとは思えない。大人として別のいい方はできなかったのか。

まあそれができないのが彼女の性格なのだろうけれど、実はこの気象予報士という仕事に愛着を持っているわけではなく、難関試験に合格した自分が好きなだけではと詮索したくなった。

二十年以上前、撮影の際、編集部が依頼してくれた、世界的にも高名なヘアメイクアップアーティストに、メイクをしてもらった。私は緊張していたのだが、その方はおごったところなどみじんもなく、それどころか自然体で丁寧で、

「ああ、こんな女性になりたい」

と心から思わせてくれるような方だった。私は無信心だが、こういう方と出会わせてくれた偶然を神様に感謝したいほどだった。

それからすぐあと、私よりもひと回り年下の、知り合いのヘアメイクの女性と会った。彼女は私がその高名な女性にメイクをしてもらったのを、編集部経由で知っていて、顔を合わせるなり、

「あの人、大丈夫でした？」

と、ちょっと小馬鹿にするような態度で聞いてきた。私は最初は意味がわからず、ぽかんとしていたのだが、ああ、ヘアメイクの件かとわかり、

「とっても素敵な方で、メイクも自然でよかったわ。でもどうして」

と聞き返した。すると彼女は、

「だって、あの人、モード系だから。どうなるのかって心配してました」

という。私はそれを聞いて、こういっちゃ何だが、日本でも有名でも何でもないあんたが、心配することでもないじゃないかといいたくなった。だいたい仕事ができるヘアメイクの人は、様々な引き出しを持っていて、相手に似合うようにきちんと仕事ができるものなのだ。モード系だからといって、何でもかんでもモード系になるわけではないということが、根本的にわかっていないところが情けなかった。

その後、何度かその方には出版社からの依頼でメイクをしていただき、そのたびに私はお目にかかれるのがとてももうれしかった。優しく穏やかで、私よりも小柄でファッションもシンプルなのにかっこよく、すべてが素敵だった。一方、高名な彼女に対してあれやこれやといってきた彼女とも、何だかんだで付き合いは続いていたけれど、仕事のときに必ず何かを忘れてくるのが、気になっていた。

あるとき、習っていた小唄の名取式《なとりしき》に出席しなければならなくなり、せっかくの場なのできちんとメイクをしてもらおうと彼女に頼んだ。すると着物の着付けはどうするのかと聞いてきたので、

「着物は自分で着られるけれど、礼装用の袋帯を締めなくてはならないので、これが大変かもしれないな」

と返事をすると、

「私、着付けができますから、やってあげますよ」

という。それは助かるとそちらもお願いした。

当日、私は彼女の着物の扱いを見て不安がよぎった。着物ハンガーにかかっている着物を、ずるずると床にひきずっているのを見て、

「着物をひきずってはいけないって、学校で習わなかったの？」

とやや強い口調で注意すると、

「あっ」

と小さくいって着物の裾をたぐりあげる始末だった。私は内心、これはまずいと不安になりながら、自分で着物を着て、

「あとはお願い」

と彼女に袋帯を結ぶのをまかせた。するといつまで経っても、背後でもたもたしているので、どうしたのかと鏡で見てみたら、私が胴に巻いたあとの、だらりと背後に垂れた帯を持て余していて、そして適当に折り曲げたのを私の背中に当てて、

「これでいいんでしたっけ」

と小声でいう。私は思わず頭に血が上り、

「違う」

と怒ってしまった。それから私は彼女に補助してもらい、自分で袋帯を結んだ。そして、

「あなたは袋帯を結べないんだから、今後一切、仕事相手にそんなことをいっちゃだめ」

と叱った。尊敬するべき高名な先輩について、

「あの人、大丈夫でした？」

などとあれこれいう前に、自分のするべきことをしろなのである。だいたい仕事の前日に明日するべきことの確認をしないのだろうか。美容学校で習ったのは間違いがなく、そのときにはできたのだろうが、自分が今それを覚えているかどうか、不安にも思わないし確認しないなんて、お金をいただく仕事をいったいどういうふうに考えているのだろうかと呆《あき》れてしまった。

彼女はいちおう「すみません」と謝ったあと、

「請求はどうしたらいいですか」

と聞いてきたので、

「あなたが請求するべきだと思う金額を請求して」

といい、むっとして家を出た。そしてのちに届いた請求書を見たら、着付け代もすべて含まれていて、

「ふーん、そういうことなのね」

と、私は三万円を支払った。

以前、彼女の仕事に対する態度について、本気でやる気があるのかを、きちんと話をしておいたほうがいいと思ったことがあった。しかし私の話が、自分にとって耳の痛い内容だとわかったとたん、彼女は、

「すみません、すみません」

と明らかに心がない「すみません」を、ものすごい勢いで連呼しはじめたので、こちらが言葉を挟む余地がなく、話すのは諦めたのだった。

そして何年か後《ご》に再会したとき、今度、大学教授の男性の撮影用のヘアメイクの仕事をするといっていた。彼女の話によると、彼はヘアメイクにうるさく、これまでに担当した人たちとトラブルになったらしい。

「男の人も気にする人がいるからね」

そう私がいうと彼女は、

「男の人のヘアメイクなんて、適当に、はいはいって、いっていりゃあいいんですよ」

とまた小馬鹿にするようにいったので、私は、

(もう、これはだめだ)

と匙《さじ》を投げた。自分が仕事をさせてもらう相手に対して、そんな態度でいいのか。あまりに失礼ではないかとまた腹が立ってきたが、どっちみちこういう考え方の人には、ブーメランのように仕事に対する姿勢が、評価として戻ってくるのに間違いないだろうと私は黙っていた。

二か月ほど経って、

「大学教授のメイクのお仕事、うまくいったの?」

とたずねたら、

「うーん」

といったっきり黙っていた。相手がまともだったら、誠意のない態度は見抜かれるに決まっているのだ。

周囲の評価はそうではないのに、自分は自信満々という人はいる。どこにでもいる。またそういう人に限って、人には教えたがるものだ。少しでも自分を他の人の上に置きたいのである。それは自信のなさの裏返しからくるものかもしれない。自信があればゆったりと動じなくて済むし、ヒステリックになる必要もない。しかし自分のしている

仕事に対して、不誠実な態度の人間は救いがたい。気象予報士は、その世界が好きだからその仕事を選んだのではないのか。自分は悪くない発言の気象予報士の女性も、黙々と気象について研究していればいいのだ。そうすれば当たりはずれとは関係なくいられる。表に出るのは自分をアピールしたいからだろう。

当然、表に出るリスクもある。それが彼女のいった「当たらない」といわれる「冤罪」である。気象予報士の人が腹の中で思っていることを、彼女が口に出したのかもしれない。しかし多くの気象予報士は、どんな天気、自然現象も興味、調査の対象であり、予報がはずれる理由を天気のせいにはしないはずなのだ。それをしたのは彼女の資質の問題である。相手の口を封じるためには、攻撃は最大の防御タイプでもあるのだろう。私は仕事に対して謙虚さのない人物と認識したのだが、定期的に彼女は出演している。相変わらず物のいい方が、私が教えてあげる的な雰囲気だ。別の気象予報士は、予報が当たらないことに対して、

「予報の空振りがいろいろとありまして」

と穏やかに話している。これが大人の対応、仕事のやり方だ。この一件があってから、番組のなかで感じの悪い彼女が登場すると、私は出演時間を見計らい、その間だけ他の局に周波数を合わせるのが習慣になってしまったのである。

2 顔を作る

ひと月後にパスポートの有効期限が迫っていて、更新しようかどうか迷っていた。お留守番ができず、かつペットシッターさんを受け入れない高齢の飼いネコがいるため、今まで海外どころか一切の旅行ができず、これまで十年用のパスポートも真っ白なまま。IDとして持っているだけだった。これから海外旅行に行く計画はないけれど、運転免許証のようなIDを持っていない私は、そのためだけに一万六千円を払うべきなのだろうかと考えた。

原付免許は簡単に取れて値段も安いので、若い人たちのなかにはそれをIDがわりにしている人もいるようだ。調べてみたら、九十デシベルの音が十メートル離れたところで聞こえる聴力が必要とか、視力とかの適性検査もある。モスキート音は聞こえないものの、それくらいの音量だったら聞き取れるだろうが、万が一合格したとしても、還暦を過ぎた身としては、原付講習でうまくできる自信がない。体力を使うものは無理だと判断して、パスポートの更新手続きをすることにした。

期限前のパスポートを持っていると、準備をする書類が少なくて済むのはとても楽だが、写真は新たに撮影しなくてはならない。以前は商店街のなかの写真館で撮影してもらった。そこの店主のおじいさんがネコ好きで、飼いネコの話をすると止まらず、撮影は十分ほどだったのに、飼いネコの歯槽膿漏の話が一時間以上続いたのだった。しかしそのおじいさんはすでに亡くなり、代替わりをして防音設備のある貸しスタジオになった。そこで徒歩圏内にある写真館を探してみたら一店だけあったので、午前中に行ってみると二人の先客がいた。一人は四十代後半ぐらいの女性で、パウダーファンデーションのケースについている鏡を見ながら、一生懸命にノーズシャドウなどの影を顔周りに入れて凸凹を作り、髪の毛もきれいに整えている。もちろん私はぼーっとそれを見ているだけである。もう一人は制服を着た男子高校生で、受付の人に、

「別のネクタイを締めなくてはいけなかったので、今、友だちに連絡して、持ってきてもらっています」

と告げていた。十五分ほどで女性の撮影が終わり、高校生のネクタイがまだ届かなかったので、先に私が撮影させてもらった。

スタジオに入ると、私よりもずっと年上の、受付兼カメラマンの人は、じーっとこちらの顔を見ている。私のこの顔面をどうやって撮影したらいいのか、考えているようであった。しかし証明写真なので、どこに陰影を入れたらよいかという問題ではなく、私

としては「何かやらかしそうな顔」に写っていなければどうでもいいため、カメラマンの熱心さが気恥ずかしくなってきた。

カメラの前に座るようにうながされ、レンズに目をやると、

「パスポートの写真なので、緊張しないでちょっと笑ってください」

といわれた。これは今までに何度もいわれた経験がある。私は写真が苦手なので、そういわれると本当に困るのである。自分なりに愛想のいい顔をすると、カメラマンは、

「うーん」

とうなって、ファインダーをのぞくのをやめてしまった。そんなに愛想の悪い顔をしていたかしらと考えていると、

「顎《あご》を引いてください」

という。

(えっ、顎を引くって……)

といわれたとおりに顎を引こうとすると、

「あのですね」

とまた撮影は中断した。

「顎を引くというのは、今やったようにただ顎を引くのではなく、まず顔を一度、平行

に前に出します。そしてそのまま顔全体を後ろに引くのです」

（はあ？）

生まれて六十年以上、そんなことをいわれるのははじめてだったので、何だそりゃと思いながら、たった今いわれたことを思い出しながらやってみると、相変わらずカメラマンは、

「うーん」

といって首を傾げている。あまりに私が「顎を引く」ことができないので、「まあ、いいです」といった見切り発車で撮影がはじまった。

すると何カットか撮影したあと、カメラマンが、

「はい、目を大きく見開いて」

といった。

（えっ？）

たしかに私は生まれつきちっこい目であるが、これが普通なのである。大きく見開いたりしたら、ものすごく不自然なのではないかと躊躇《ちゅうちょ》していると、

「はい、いいですか、目をおーきく、おーきく開いてえ、はい、まだまだ、もっと開いてください」

とカメラマンの声がだんだん大きくなってきた。私はちっこい目を精一杯見開きながら、

（もうこれ以上は無理だし、絶対、変な顔になってる……）

と心配になってきた。しかしその後もずーっと、「思いっきり目を見開け」「もっとおーきく、おーきく」といわれ続け、必死に目を見開いた結果、上まぶたと下まぶたがちぎれそうになり、目玉が乾燥して涙が出てきた。

「はい、結構です。しばらくソファに座ってお待ちください」

やっと終わってどっと疲れた。隣で高校生が友だちにネクタイを持ってきてもらい、

「ありがとう。帰りにおごるから待ってて」

といっているのを聞きながら、

（絶対に変な顔になっている。あんなに不自然に目一杯、目を見開かせるんだもの。困ったなあ）

と悩んでいた。ふだんの生活であんなに目を見開くことなんてないし、自分がどんな顔をしていたのか想像もつかなかった。

十分ほどで写真が出来上がってきた。私はどうせ変な顔になっているに違いないと、ちらりと見ただけで、支払いを済ませて帰ってきた。家に帰ってあらためて見てみたら、私の目はふだんよりちょっと大きくはなっているが、ごく普通（といっても一般的には

まだ小さい）で、無理やり目を見開いているようには見えなかった。あんなに力一杯見開いて、出来上がった写真の目の大きさが普通って、いったいどういうことなのだろうか。

　カメラマンは何とかしてこのちっこい目を、普通の大きさにまでもっていこうと、

「おーきく、おーきく」

　と大きな声で叫んだに違いない。

「ああ、そうですか……」

　私は自分のパスポート写真を見ながらつぶやいた。もしいわれたようにしていなければ、私の目はどのように写っていたのだろうか。撮影されるのに慣れている人は、自分なりの「写真顔」の作り方を知っているのだろう。ブログやＳＮＳで自分の画像を載せている人、特に女性は口角の上げ方や目の見開き方など、自分がどうしたらふだんよりもましに写るかを、鏡を見て研究しているに違いない。私の感覚だと、よく撮れた写真というのは、偶然の一瞬を切り取った一枚と思っていたのだが、実は自分が作る一枚だったのかもしれない。

　しかしカメラマンは本当に一生懸命になってくれた。私の目もちょっと大きくなってありがたかったのだけれど、そうするために「顔を作る」なんて想像もしていなかった。正直、証明写真にそこまでする必要があったのかなとも思う。最近は証明写真ボックス

でもきれいに撮影できるというし、写真館で撮影するのなら、できるだけいい写真をというのが、やはりプロの矜持《きょうじ》だったのだろう。この写真では、顎を引いた効果が出たのか出ていないのかはわからなかったが、ともかく私なりに力一杯がんばって見開いた目の写真で、これから十年、私の顔は世界的に証明されることになったのであった。

3

傘の持ち方

最近は季節を問わず雨が多いので、傘を手にする機会が多くなった。うちには雨専用の長傘一本と折りたたみ傘一本、晴雨兼用の折りたたみ傘一本、真夏用の紫外線を通さない日傘が二本ある。そしてつい先日、豪雨用の長傘を一本追加した。ひとり暮らしなのに、本数が多いとは思うのだが、無地の洋服が多いので、そのときは柄物の傘、着物のときは柄があるので無地の傘、携帯に便利な折りたたみ傘と選んでいたら、このような状態になってしまった。

雑談のときにたまたま傘の話になり、この話を編集者の男性にしたら、

「うちなんか夫婦二人なのに、ビニール傘が二十本以上ありますよ。全部、僕の分なんですけれど、どうしたらいいでしょうかね」

と苦笑していた。どうしてそんなに数が増えたのかと聞いたら、自分は天気予報で雨になるといっていても、家を出るときに雨が降っていなければ傘は持たない。軽量な折りたたみ傘もたくさん売られているけれど、それでも荷物が少しでも増えるのがいやなのだという。駅に到着して雨が降っていたら、駅前のコンビニでビニール傘を買う。そし

て帰るときにまだ雨が降っていればそれをさして帰り、やんでいれば会社に置いておく。

「それが置き傘になるのね」

と聞いたら、

「いいえ、社内ではビニール傘は所有権がないと思われているので、いつの間にかなくなっているんです。誰が持っていったのかって騒ぐのも恥ずかしいし、自分も社内のそのへんに置いてあるビニール傘を持って帰ったことがあるので。それでまた会社の近くのコンビニで、ビニール傘を買って帰るんです」

ビニール傘でも選挙用、園遊会仕様で何千円もするものがあるが、コンビニで買えるものだったら、四百円から六百円くらいだろうか。しいていえばシェアの精神といえるかもしれないが、それにしても無駄に本数が多すぎる。二十本買うのだったら、その金額でちゃんとした傘が買えるのにと笑ったら、

「僕、すぐに傘をなくしちゃうんですよ」

というのだった。つまりビニール傘は、彼のなかではなくしても心が痛まない、使い捨てとして認識されているようなのだった。しかしそれが家に二十本もあるのはすごいねと感心していたら、

「いや、全然そんな、すごくはないです。わかりました。二、三本だけ残して、ちゃん

と捨てます」

ときっぱりといいきった。しかしその後は彼と会っていないので、ビニール傘の在庫がどうなったかはわからない。

私は若い頃から、天気予報で雨の可能性があると知ると、必ず折りたたみ傘をバッグに入れて外出していた。予報がはずれて突然、雨に降られ、ビニール傘を二回くらい買ったことがあるが、そのとき使ったきりで置いておいたら、ビニール部分は黄色く変色し、骨はさびていたので捨ててしまった。一度しか使っていないので、耐久性がどのくらいなのかはよくわからない。

昨今の、暴風雨や台風接近のニュース映像を見ると、さした瞬間から壊れるような気がする。台風一過の幹線道路沿いの歩道には、折れ曲がったビニール傘が大量に放置されている。それはそれぞれの人が壊れた時点で捨てたものが、風に乗って一か所に集まり、骨が絡み合って山になったのだろうが、その本数の多さにびっくりした。その捨てられた傘が吹き飛ばされて、歩行者を直撃する凶器になるとも聞いた。大雨のなか壊れた傘をずっと持ち続けるのもいやかもしれないし、使い捨て感覚なのもわかるけれども、暴雨風のなかに捨てるのはとても危険なのだ。

ビニール傘について考えていると、あることに気がついた。雨の日に駅を利用すると、歩きながら傘を横にして持っている人がいる。石突《いしづ》きが後ろの人に向いていて、とても危ない。周囲を子供が走っていたりすると、もうどきどきする。だいたい傘の持ち方というのは、子供のときに親から教えられたはずなのだ。

「傘は危ないので、持っているときに友だち同士でふざけたり、傘を持ったまま人のことを指したりしてはいけない。後ろにいる人の迷惑になるので、持つときは必ず石突きを下に向けて、横にして持たない」

学校の先生にも注意された。それも小学校一年生のときにである。ただし子供たちは雨が上がると、傘を刀がわりにチャンバラごっこをしたりして、見つかって先生にこっぴどく叱られた。そうやって、他人に迷惑がかからない傘の扱いを学んだのである。万が一、親からも先生からも教えられていなくても、尖った石突きを人のほうに向けたら、どうなるかはわかるだろう。

かつて駅のホームで、傘をゴルフクラブに見たてて、スイングの練習をしているおじさんがいたが、接触事故が起こって危険性を指摘され、今はほとんど見かけなくなった。しかし傘を横に持って歩いている人は結構見かける。平らな場所ならともかく、階段、エスカレーターで横にしている人もいて、

（いったい、何をやってるんだ）

といいたくなる。私は若い頃から、そういった迷惑な事柄を目にすると、腹を立てつつもすっとその場を離れたりしていたのだが、還暦を過ぎたら、おばさん度が急上昇したらしく、本人に文句をいいたくてしょうがなくなってきた。昔は、あれやこれやと、正論であっても文句をはっきりいうおばさんに対して、

（お気持ちには賛同できますけど、そんなにいちいち指摘しなくても）

と思っていたのが、ひと言いいたくて仕方がない。傘を横にして平気な、おやじ、若者。私が目にするのはみな男性なのが不思議だった。女性は遊びでも棒状のものを横に持つ仕草を、子供の頃からあまりしなかったからかもしれない。そして私は子供の頃から棒きれなどを真横に持ち、そのまま周囲への配慮もなく成人になってしまった人たちに対して、

「その傘の持ち方、他の人に迷惑だし、危ないですよ」

といってやりたいのだ。階段やエスカレーターでそういう輩がいると、後ろの人たちは迷惑そうな顔をしながらも、突きつけられた石突きをよけたり、傘を持っている人を追い越して被害を避けようとしたりしている。自分の行動が迷惑をかけている、というか危険な行為なのがわからないのが信じられない。親にいわれなくても、学校で教わら

なくても、ちょっと考えればわかるのにだ。

　そいつにいってやりたい言葉が、口からあふれそうになっている私も、他の人たちと同じように、奥歯をぐっとかみしめて言葉が口から出ないようにして、階段であれば早足で追い越す。その際、ちらりとどういう人なのかなと彼らの顔を見ると、みな一様に表情が暗い。自分の持っている傘の危険性よりも、もっと優先的に考えるべきことを抱えているらしい。エスカレーターの場合は追い越すのは危険なので、石突きが触れないようにこちらがよけるしかない。いっそのこと、腹やバッグでぐいぐいと石突きを押し返し、振り返った持ち主に向かって、

「ちょっと、危ないですよ」

　と注意する方法をとるのがいいかと思ったが、本当にこちらの腹や大事なバッグに刺さるといやなのでやめておいた。

　そして彼らが持っているのは、なぜビニール傘ばかりなのかと考えてみたが、彼らが手にしているのは、形状は傘であっても傘ではないのではないか。ただ雨に濡れないためのもので、ビニール風呂敷などと同じ。危険性を持つものだという意識がないのだ。

　誰でもちゃんとしたものを買ったら、それが壊れると悲しいしもったいないし、大切に使おうと思うだろう。それが使い捨てだと、その瞬間に役に立てばそれでいいので愛

着はない。用が済んだら捨てるだけだ。公共の場所で他人に被害が及ぶような行動をしても平気な人は、そのようなものに対する愛情が欠如《けつじょ》しているように思う。それか何か一点のみ溺愛《できあい》して、他のものはどうでもいいとかなのか。自分の所有物に対して愛情が持てない人は、他人に対してもどうでもいい感が出てしまう。それは自分をも大切にしていないということなのに。

そういう人に対して、以前は、きちんと話して、傘の持ち方についてのマナーを教えれば、彼らも自分の身を振り返って気がつき、行動を改めるだろうと考えていたが、最近はそうではなさそうだと考えるようになった。「三つ子の魂百まで」で、何も考えない性質の人はずーっとそのまま、生まれて死んでいく。たとえば誰かに注意されて、そのときはやめたとしても、雨が降るたびに同じ持ち方をする。自分に都合の悪い話はすぐ忘れるのである。残念ながら性格が悪い人だったら、逆ギレしてくるだろう。

おばさん度が上がり、文句をいってやりたいと鼻息を荒くしていた私も、それに気がついてからは、誰かに被害が及びそうになったら口を出すかもしれないけれど、そうでなければこちらに被害が及ばないようにと、近寄らないことを心がけるしかないのだった。

4

顔の大小

私が若い頃には、そんな話題など出たこともなかったが、いつの間にか「顔が大きいのはよろしくない」という価値基準ができてしまったようだ。小、中学生時代はもちろん、高校でも大学でも、顔の造作や体形については、自分だけではなく友だちもそれなりに不満を持っていたけれど、顔の大きさについて話題が出た記憶はまったくない。きっと同年輩の人たちは、私と同じように親からそんな価値観で育てられなかったのだろうし、テレビを観ていてもお互いに顔の大小についてからかったりする芸能人もいなかった。世代的にみんな顔が大きかったせいもあるのだろうが、顔の大きさは話題になるようなものではなかったのである。

私が最初に顔の大きさについていわれたのは、学校を卒業して入社した広告代理店でだった。同期入社の女の子に、

「身長は何センチ？」

と聞かれた私が、

「最近測ってないからわからないけど、百五十から百五十二の間くらいじゃないかな」

と返事をしたら、

「あら、そう。もっと大きく見えるわね。顔が大きいからかしら」

といわれた。そこで私は、

「うん、態度もでかいからね」

と笑っていた。

その話を別の同期入社の女の子にしたら、

「失礼ね！　どうしてそんなことをいうのかしら。いっとくけど顔はあなたよりも、あの人のほうが大きいからね。だいたいあの人は、自分がすべてにいちばんだと思っているんだから」

と憤慨してくれた。

そのときはじめて私は、私の身長を聞いた彼女に馬鹿にされたとわかり、「なんだよー」とは思ったけれど、別に不愉快には感じなかった。

「しょうがないじゃない、この大きさなんだから」

というしかなかった。同年輩だとそれぞれの人間の顔の大きさはさほど変わらない。しかし私は背が低いので、同じ顔の大きさでも身長が高い人に比べると比率の問題で顔が大きく見える。太っているのは自力である程度までは何とかなるけれど、骨格が関係

する顔の大きさは自力ではどうにもならないので、

「ふーん、私は顔が大きいのか」

と思いながら過ごしていた。しかし仕事のときに使う、乱視用の眼鏡を誂《あつら》えにいったら、店の人は私が選んだフレームを見て、

「お客様はお顔が小さいので、こちらのフレームでないと」

と幅の狭いほうを薦《すす》められたりする。私の顔は大きいのか小さいのか自分でもわからなくなった。ただアニメ「Dr.《ドクター》スランプ アラレちゃん」に出てくる、ニコチャン大王には親近感を持っていた。

顔の大小は私にとって、どうでもよかった。自分も他人も含めて、

「どうして顔が大きいのがいけないのか？」

である。とはいえビデオで映画の「雄呂血」「無法松の一生」を観たとき、阪東妻三郎の顔の大きさに驚いたのは事実である。しかしあれくらいでないと画面に映ったときの迫力がない。手に比べて顔がとても大きい浮世絵の大首絵《おおくびえ》みたいなものである。当時は、

「阪妻、顔がでかい」

などと笑う人は皆無だったに違いない。それどころか、かっこのいい役者として、うっとりして彼の姿を観ていたはずなのだ。

それが、なぜ、顔の大きな人を馬鹿にするような風潮になったのだろうか。着物の場合は顔がある程度しっかりしていないと、バランスが悪いし、日本人は身長が欧米人に比べて低く、胴長短足で顔が大きいのが特徴だった。顔が大きいという基準もなかったし、当たり前だった。しかしそこに西洋の基準が入ってきた。昭和二十年代にミス・ユニバースで三位に入賞した伊東絹子に対して、八頭身という言葉もできた。以降、それまでとは違う、洋服が似合うスタイルのいい女性が次々と登場してきたが、それは特別な人であり、ほとんどの人は相変わらず胴長短足だった。彼女たちの姿を見て、

「私は短足だ」

とコンプレックスを持ったりせずに、

「何とスタイルがよいことよ！」

と、終戦後に日本人女性が世界的に認められたのを喜んだのだ。

一時、スーパーモデルブームがあって、彼女たちの足の長さや顔の小ささに羨望の目を向け、服装やメイクの真似をする若い女性も多かったが、その後、日本人の身長も伸び、足が長くなり顔も小さくなって、そのような体形のモデル、芸能人も登場してきた。

彼ら彼女らが登場すると、

「顔が小さーい」

「うらやましい」

などとその場にいる観客から声があがる。とにかく顔が小さいのを褒《ほ》める人が多くなり、その結果、いつの間にか、

「顔が小さいのがよい」

という基準ができてしまった。はなはだ不愉快である。割合からいって、ごく少数の職業に就いている彼ら彼女らを基準にして、そうでない人たちを馬鹿にする神経がよくわからない。欧米人でも顔が大きな人はいるし、スペインに行ったときは、親しみのある体形の人がたくさんいた。

自分の顔面や体形に満足をしている人なんていないだろう。ここがこうなればいい、ここもいまひとつと悩みは尽きない。しかし世の中に生まれ出るときに、自分の体をそのように作っていただいたので、それで生きていかなくてはならないのである。誰しも若い頃は自分の容姿が気になるものだけれど、今の人は自分が理想とする体形や顔面に固執しすぎているのではないか。私など、玉川カルテットのギャグのとおり、

「私《あた》しゃも少し背が欲しい〜」

なのであるが、身長もどうにもならないので、どうしようもない。誰も他人の短足や不細工など、当人が悩んでいる度合いに比べて気にしていないと、この歳《とし》になってわかった。

何かを気にしすぎる性格の人は、他人のその何かがとても気になる。たとえば恋愛に興味がある人は、他人の恋愛が気になるし、家を建てたい人は、他人が家を買うと気になる。子供が欲しい人は妊娠という言葉に敏感になる。そしてその感情が自分のなかでうまく処理できない人は、うらやましい人、自分よりもちょっと劣ると感じた人を攻撃する。あるいはうらやましくて仕方がない人を素直に褒められないので、欠点を探して憂《う》さを晴らそうとする。心の貧しい人たちである。そういう人たちはいつまで経っても幸せにはなれない。

インターネットで検索していると、テレビに出ている人たちに対しての悪口を目にする機会があるが、出演者がミスをしたとか、世間的によろしくないことを起こしたのなら、まあ仕方がないけれど、そうではない場合、悪口を書かれているのは容姿である。それも私が見た限りでは、

「顔が大きい」

という内容が多かった。ターゲットになったそのなかの一人の男性に対して、私はそういう認識がなかったが、あらためてテレビに出演している姿を観てみると、そういえばそうかもしれないという気はした。しかし顔立ちはきれいだし、性格もよさそうだ。そういった他に褒めポイントがたくさんある人を貶《おとし》めるためには、若い人がいわれるの

をいやがる、外見に関してあげつらうのが、手っ取り早いいやがらせなのだろう。

「ネットに書き込んだお前だって、きっと顔は小さくないはずだ。もしも並んだら、あんたのほうが大きいかもしれないじゃないか」

と文句をいってやりたい。個人の努力ではどうにもならないことを悪口にするのは、自分の心の貧しさを露呈しているようなものなのだ。だいたいインターネットに匿名で悪口を書き込むこと自体、問題があるのだが。

最近、私はますます若い芸能人の顔の区別がつかなくなり、みんな同じに見えるようになった。彼ら彼女らが一人で映っているとわからないのだが、他の出演者と比べると、たしかに顔が掌《てのひら》にのるくらいに小さくて、背も高く足も長い。若い人たちは、こういう姿がいいわけねと眺めている。そのような体形に憧れるのは、フィギュアを愛《め》でるのと同じ感覚のような気がする。男女とも頭が小さくて九頭身、十頭身のようなお人形みたいな体形。以前、若い女性が化粧で毛穴のないつるつるした顔面に作り上げる流行があって、アンドロイド肌などと呼ばれていた。当時は顔面だけだったが、最近は体形まで人間的でないものが求められている。

顔が小さい人に憧れはするけれど、現実の自分は違う。そして自分よりも顔が大きい人、太っている人、背が低い人に対して悪口をいいはじめる。痩せすぎていても背が高すぎても同様だ。結局何であれ、悪口をいいたいだけなのだ。そんなことをいったとしても悪口をいっている当人たちが、顔が小さくなったり、身長が高くなり股下《またした》が伸びたりと、憧れている人たちと同じになるわけでもないのに。

小顔にするエステとか、美容グッズも見たことがあるが、

「みなさん、お商売がお上手で」

といいたくなる。だいたい顔が小さくなると服が似合うようになると思うのが間違いなのである。私は背が低くても、太っていても、顔が大きくても、センスがよくて洋服が似合う人たちをたくさん見てきた。その半面、モデルなみにスタイルがよくても、

「うーん」

とうなりたくなる人も多かった。逆にその人の個性が出ないのである。ファッション雑誌のグラビアみたいに、服はきれいに着られるけれどクセに欠ける。毒の部分がないのがつまらないのだ。体形に問題がある場合、ある面から見たら欠点かもしれないが、別の面ではそれが魅力になる。渡辺直美がチャーミングだと感じる人がいるのが救いである。ノームコアもスタイルがよくなければ見栄えがしないという人もいるけれど、それだってその人なりの体格で着れば個性が出せる。それは人間の中身の問題でもある。

また世の中の常として、まず人々のコンプレックスを突くことで、消費させようとす

るから、

「こうしなければ服は似合わない」

「小顔じゃないと野暮《やぼ》ったい」

「この体形じゃないと素敵に見えない」

などと脅《おど》かして、お金を払わせるしくみになっている。芸能人で明らかに、

「あなた、しばらく見かけないと思ったら、エラを削《けず》りましたね」

と指摘したくなる人もいるけれど、顔を出すのが仕事だから、それもまた仕方がないだろう。


顔が大きくたって卑屈になる必要はない。人混みで待ち合わせをしても、すぐにわかっていい。小顔はいい換えれば貧相ということでもある。若い時期は外見をとても気にするから、それも仕方がないともいえるのだが、私のような年齢になると、芸能人に対しても、周囲の人に対しても、誰それは顔が大きい、小さいなど誰もいわなくなる。顔の大小より他に大切なことがたくさんあるとわかってきたからである。私は年齢的に経過観察をするのは無理だけれど、これまでの日本人の体形とは違う、掌にのるような小顔の芸能人やモデルたちが、高齢になったときにどのような姿になっているのか興味がわくのである。

5 感嘆詞

驚いたときに、

「ワオ」

という女性がいる。十代、二十代の若い女性は、まあよしとしても、四十代の女性が意外にも多いのである。それを耳にするたびに私は、

「ああ、こういう人とは友だちになれないなあ」

と思う。生粋《きっすい》の日本人なのに、

「ワオ」

なのである。

私が見聞きしたのは女性ばかりだったのだが、昨日、テレビではじめて芸人の男性が、そういっているのを観た。それは手作りのおいしそうな料理が、皿に盛られる瞬間だった。ちなみに彼はお笑いコンビの「ますだおかだ」の、いつも「ワァオ！」と叫んでいる岡田圭右《けいすけ》ではなく、彼よりも少し若い人だった。私は「ワオ」といっていた人たちが、ハーフ、クオーター、あるいは留学経験があるかどうかを調べてみたら、ハーフ、ク

オーターは皆無で、若いときに留学経験のある人は三分の一だった。経験がなくても英語は得意なのかもしれない。ちなみに岡田圭右は英検2級だそうである。留学経験等がある人は、「ワオ」が習慣になるのかと思ったが、常にそういうわけではないところをみると、その場で気まぐれにいっているらしかった。いういわないの違いがどこにあるのかは、私にはわからない。

私は二十歳のときにアメリカのニュージャージー州に三か月間滞在していたが、英語はほとんど話せなかった。英語は話せるようになりたいと思っていたが、留学で行ったわけではなかったので、日常生活のなかで周囲の地元の人たちの会話を必死でヒアリングしては、

（ほほう、そういうふうにいうのか）

と脳にたたき込み、宿泊していたモーテルに戻ってから、英和辞典で調べて確認する毎日を送っていた。

日常のフレーズはともかく、彼らの会話のなかでいちばん困ったのが、会話のそここに差し挟まれる、感嘆詞だった。「ワオ」「ウップス」といった短い言葉はともかく、

「キディング」

「オーマイゴッド」

「ジーザス」

「ホーリーカウ」

などといわれるととても困った。とにかく英語に無知だった私は、最初に、

「ホーリーカウ」

といっているのを聞いて、

（えっ）

と一時思考が停止した。ホーリーもカウも単語の意味は知っていた。ホーリーは「きよしこの夜」の、「サイレントナイト、ホーリーナイト」のホーリーだし、カウに関しては私が中学生のときに、アメリカのカウシルズというファミリーバンドの「雨に消えた初恋」という歌が大ヒットした。それを紹介するのに、大橋巨泉がいつも「牛も知ってるカウシルズ」といっていた。実はカウシルズさん一家だったから、そういうグループ名になっただけなのだが、牛＝カウはしっかりと頭にたたき込まれていた。

（神聖な牛って何？　いったい牛がどうしたんだ。近くに牛なんかいないぞ）

聞き耳を立てていた私は首を傾げ、もしかしたら牛がいるのかと、きょろきょろとあたりを見回したりもした。そして部屋に戻って辞書を引いてやっと意味がわかり、

「なるほど、そういうふうにいうこともあるのか」

と学んだのである。

地元の人たちの会話から、私は細々《ほそぼそ》と英語を学習していたが、これから必死に勉強をして、万が一、英語が話せるようになったとしても、もともと英語を母国語としていない私は、感嘆詞をどのように使えばいいのかと、ろくに英語をしゃべれないのに考えていた。驚いたり、あせったり、喜んだりするときに使う感嘆詞は会話のなかでは欠かせない。それが一切なく、文章のみの羅列だったら、会話の相手も、

「この人、無愛想ね。何の感情も表さないし。私の話をちゃんと聞いてるのかしら」

と疑いたくもなるだろう。

しかし私は無信心なので、「オーマイゴッド」だの「ジーザス」だの「ホーリーカウ」などとはいえない。「キディング」も無理だ。口先だけでいおうと思えばいえるかもしれないが、自分の生きてきた根底に、そういう言葉を発する核みたいなものがないので、気恥ずかしいのだ。

「そういった場合はどうしたらよいのか」

そんなことを考えている間に、会話のフレーズのひとつでも覚えればいいのに、私はまずそんなところでつまずいてしまった。英語的心情というかメンタルというか、それが皆無の外国人の自分には、とてもいえないという気持ちを持つと同時に、どうやって

そういった言葉をカバーしたらいいのかを考えていた。そして滞在三か月後の私の英語力はといえば、ヒアリングはできるけれど、スムーズには話せないという状態で帰国せざるをえなかった。

日本に帰ってから何年か経って、私は広告代理店の同期入社だった女性にその話をした。彼女は英語も話せるけれど、フランス語のほうがより得意な人だった。すると彼女は、

「私も外国の人と話すときに、そんな言葉は使わないよ。恥ずかしくて使えないよね」

といった。

彼女の実家の近くに、英語が堪能な老婦人がいて、長年、自宅の敷地内にある家を外国人相手に貸しているという。その外国人と老婦人が話しているのを彼女は何度も見かけたが、老婦人は相手が英語で話しているのを聞きながら、

「そうですか」「ふーん、なるほど」「あら、まあ」

などと日本人と話しているのと同じようにうなずいたり、驚いたりしていた。もちろん会話は流暢な英語である。

「それがかっこいいのよね。私たちはあれでいいんだと思う。だいたいこんな平たい顔をして、ワオとかオーマイゴッドとかホーリーカウなんて、似合わないよね」

そうだ、日本人の英語はそれでいいのだと、私たちは意見の一致をみたのだった。

それから四十年以上経ち、うちの近所にも、日本人女性と外国人男性が結婚して住んでいる家が多くなった。外国人男性が路地に面した家の前で、幼い子供を遊ばせているのをよく見かける。子供は路地に三輪車を放置し、おもちゃや遊び道具を広げて、はしゃいでいる。それでも人が歩けるスペースはあるので、気にせずに歩いていると、彼は子供には英語で話しかけ、私には、

「スミマセン、スミマセン」

と何度もいう。私のほうは、

「いいえ、大丈夫ですよ」

といって通り過ぎる。そして歩きながら、曖昧で様々な意味に使える日本語の「すみません」という言葉は、彼がどこの国の出身の人かはわからないけれど、生まれ育った国にはない言葉だろう。それを使うようになったのは、日本で暮らしているから、郷に入《い》っては郷に従うということなのだろうか。

ずいぶん前に、日本に住んでいる外国人が、母国を去るときに、日本に行った経験のある人から、

「日本では『すみません』『愛してる』『便所、どこ』さえ覚えていれば、暮らしていけるといわれた」

と話しているのをテレビで観て、笑ってしまった。それが定説として行き渡っているわけではないだろうが、彼の周囲の住人への気遣いはありがたいと思いながらも、ちょっと面白かった。しかし私がアメリカに滞在して、「ホーリーカウ」というよりはずっとましなような気がした。

これは私基準だけれど、日本人の会話のなかでの、

「ワオ」

はやっぱり変だし、どうして彼女、彼たちは「わあっ」「あっ」「まあ」ではなく、「ワオ」を使うのだろうか。驚いたときの「わ」のあとに「お」をつけるだけなので、他の英語の感嘆詞よりは、わざとらしくないと考えているのか。それとも、

「感嘆詞に英語を使える、ちょっとアメリカナイズされたかっこいい私」

をアピールしたいのだろうか。

私にとってはそういう人たちは、関西出身でもないのに、自分のたいして面白くもない話を関西弁で話したり、相槌《あいづち》を打ったりして、相手に自分を面白い人と錯覚させ、自分もまた面白いことをいう奴と錯覚している輩と同じ枠内に位置している。人物の底が浅いのである。

十五パーセントの割合でいる自分の心の中のもう一人の自分は、そんなにいちいち

突っかからなくてもいいのではとたしなめてくる。しかし八十五パーセントを占めているもう一人の私が、

「いや、これはだめだ」

と譲らない。そして「ワオ」を見聞きすると、びくっと反応して、

「おいおい、ちょっと待て」

とその言葉を発した人に対して、突っ込み、

「あー、こいつはだめだ……」

とため息をつくのである。

6

エビデンス

私は「インスタ映え」という言葉がきらいだが、「エビデンス」という言葉もきらいである。科学的な証拠や学術的な裏付けという意味だが、そういえば他人を納得させられると考えている人がいるのがいやなのである。

私は「エビデンス」の被害に遭ったことはないが、友だちのPさんがそれに遭遇した。彼女は大学時代は服のサイズが7号だったのに、それがじわりじわりと増加し、五十歳を過ぎたら、11号でも部分的にちょっと危ないという状態になってきた。私は彼女が健康で気分よく暮らせれば、それでいいじゃないかと思うけれど、別の友人が、

「やっぱりちょっとは運動をしたほうがいいわ。私も一緒にやるから」

と提案して、二人でスポーツジムに入った。

そのスポーツジムは受付のスタッフからして高飛車《たかびしゃ》で感じが悪かったのだが、二人の共通の知り合いが紹介してくれたので我慢した。二人についた若い女性のトレーナーは、明らかに他のなじみの客と彼女たちへの扱いが違った。二人はそういう場所に通うのがはじめてだし、それまでろくに運動もしていないおばちゃんである。それは二人も認め

ている。運動ができないから来たのに、トレーナーはそのできない彼女たちに対して、やたらとため息をつくのだ。

「それは仕事をしているプロとして失格よね。できない人を少しずつできるようにするのが、彼女の役目なんじゃないの」

私が怒ると、Pさんは、

「うーん、彼女が思うように私たちができないから、いらつくみたいよ」

と苦笑した。週に一度、二人で真面目に通っているのに、トレーナーと顔を合わせると、Pさん曰く、「鈍《どん》くさいおばちゃんたち、また来た」というような表情になるのだという。

「腹の中でそう思ってもいいが、顔に出すんじゃない」

私がまた怒ったら、Pさんも、

「そうなのよ、顔に出るところが、まだ人間ができていないんだねえ」

とうなずくのだった。二人はトレーナーから呆れられつつ、ひと月間、通い続けた。ある日、フィットネスが終わって、二人がはあはあと息を切らしていると、トレーナーが、

「Pさん、あなた、水は？」

と聞いてきた。

「持ってきていません」

「どうして？　持ってくるようにいったでしょう」

「前から持ってきていないですけど」

「えっ、そうだったっけ？　だめですよ。ここに来るときは二リットル入りのペットボトルを持ってきてください」

「どうしてですか」

Ｐさんがたずねると、トレーナーはむっとした顔になり、

「それは決まっているからです！」

といった。

「重いからいやだわ。それは誰が決めたのですか」

「とにかく、運動のあとは、二リットルの水を飲むのは決まっているんです」

「決めたのは誰ですか。ここの社長ですか」

Ｐさんが面白がって食い下がると、ますますトレーナーは眉をつり上げ、

「決めたのが誰かという問題じゃなくて、常識として決まっているんですっ」

といい放った。そこでＰさんは、自分は漢方医から、水分代謝がよくないので、運動

しても水分は控えめにするようにといわれているので、とても二リットルの水なんか飲めない。家で水は飲んできたし、このあとにお茶を飲んで帰るので、そのときにも水を飲むし、それで私は十分だと話すと、トレーナーは口をへの字に曲げて腕組みをした。

Pさんが、

「いろいろな体質の人がいるのに、みんな一律に二リットルって、変じゃないですか。ここのプログラムだって、能力によって変えてあるじゃないですか。それなのに飲む水は全員二リットルなんですか」

と突っ込んでいくと、トレーナーはうんざりしたようにため息をつき、

「それはアメリカの学会でも認められていて、ちゃんとエビデンスがあります。その漢方医云々の話ですが、エビデンスのないものは認めません！」

といい放ったという。Pさんは内心、

（あんた、エビデンスという言葉の意味を知って使ってるの？　意味も知らないで誰かの受け売りで話しているだけなんじゃないの）

と思いつつ、

「へえ、エビデンスねえ。でも私は二リットルもの水は飲みません」

と宣言した。それからますますトレーナーの態度は硬化しているが、

「別にその日のメニューをこなせば、あの人は関係ないし。こっちがやめるか、あっちが担当をやめるか、どっちが先かしら。あははは」

とのんきにPさんたちはジムに通い続けている。

辞書を引くと「エビデンス」は科学的証拠や裏付け、という意味だが、ふだんはこの言葉はほとんど使わないけれど、体に関する医療系、栄養学系でよく使われるところが、私は気になっている。私もPさんと同じく、水分が滞りやすい体質なので、自分の体調をみながら水分を摂りすぎないように注意している。トレーナーがいった、アメリカの学会でも認められたエビデンスとやらが、どういうものかは詳しく知らないが、運動後の二リットルの水が万人に向くとはとても思えない。素直な人だったら、

「そうか、飲まなければいけないんだな」

と飲みたくもないのに飲んでしまうかもしれない。そしてその人が運動をしたとはいえ、水分が滞る体質の人だったら、いったいどうなるのだろうか。もし私だったら、その場でジムをやめていただろう。

私は漢方薬局に毎週通って、体のチェックをしてもらっているので、西洋医学よりは東洋医学寄りの人間だ。一年ほど前と記憶しているが、テレビを観ていたら中年の男性医師が出演していて、今までの健康常識とは反対の話をしていた。私が子供のときは、

食事のあとは三十分は食休みをとれといわれていたが、最近は食後、すぐに運動をしたほうが、ダイエットにはよいといわれているらしい。その他、血糖値の問題で白米は避けるとか、肉の脂肪は悪ではないとか、へえといいたくなるような話ばかりだった。そのなかで知識人といわれている出演者が、

「毎日、なるべくたくさんの食品、三十品目を食べろといわれていたのに、今はいわなくなりましたね。老人は肉食をしないほうがよいともいわれていましたが、現在は食べることを推奨されている。いろいろと情報が変わるので、こちらは困るのですが、それはどうしてですか」

と医師に聞いた。すると彼はそれについての詳しい話はせず、自分が話したそれまでの説明を繰り返し、

「これがアメリカの最新の研究結果です」「エビデンスになっています」

といった。その後も、何かを聞かれると、「これがアメリカの最新の研究結果」と繰り返す。どのようにしてそれがそのような結果に至ったかの説明は一切なし。もしかしたら語っていたのかもしれないが、それは放送時にはなかった。彼は自分で何かを研究し発信しているわけではなく、アメリカの研究結果の単なる連絡係として、登場しているようだった。妙に愛想のいいその医師の顔を観ながら、

「ふーん、エビデンスねえ」

といやな気持ちになってきた。

米でも小麦でも精製されていない、玄米や全粒粉などの茶色い色のものがよいといわれ、そちらのほうが体にいいのかと、それらを選んで食べていた。すると近頃は茶色いものは体の負担になるので、食べるのなら白米がよいという説も出てきた。野菜は栄養学的には食べることを推奨されているが、トマト、ナスは食べてはいけないと書いてある本もある。それならイタリア人はどうなるのかといいたくなる。じゃがいもを避けたほうがいいという研究者もいる。たしかに野菜アレルギーで症状が出る人もいるので、何でも食べていいというわけにはいかないのだろうが、正反対の説が出てくると、どちらが正しいのか混乱するばかりなのだ。

先日も、体温が低い人は高い人に比べて長寿という文章をインターネット上でいくつか読んだ。最近出てきた話ではなく、十年ほど前からある研究結果らしい。これもアメリカの病院が通院する患者の追跡調査をした結果、体温が低い人のほうが長寿だったという。体温が高いと活性酸素が体内で発生しやすいからだそうだ。その結果、無理して代謝を上げなくても、体温が低くても気にするなという結論になっていた。

漢方では体温が低いのは、免疫系に影響を及ぼすので、せめて平熱の三十六度五分に近づけるようにといわれる。体温が低いと長寿説を唱える人によると、体温が上がると免疫力が高まるという証拠はないらしい。同様に体温の低い人が長寿という「エビデンス」もまだないのである。しかし低体温だと感染症にかかりやすいのではと思っていたら、ビタミン剤の摂取を勧める人がいた。

「これで、サプリメントを作っている会社は喜ぶよね」

とネットの文章を読みながらしらけた。テレビは特にスポンサーが絡んでくるので、それに惑わされないように注意する必要がある。インターネットも同様になってきているのに違いない。スポンサー、業界の力関係で、次から次へと正反対の説が出てくるのではないかと私は疑っている。

漢方はもともと非科学的といわれているので、最初から西洋医学とは相反する対象になっている。私は科学にも疎《うと》いし難しい事柄はわからないが、科学的に証明できることは、ひとつの現象に対してひとつなのではないか。なのにどうして、西洋医学、栄養学のなかで相反する説が存在するのだろうか。年月を経て研究を重ね、今までわからなかったことが、研究によってわかったりもするだろう。しかし、

「いったい、どっちなんだよ」

といいたくなる。

体温が低い人が長寿ならば、それはそれでおめでたいことである。私自身の経験からいうと、漢方薬局に通う前は、平熱は三十六度三分だった。しかし胃を温める煎じ薬を服用するようになってからは、三十六度六分になり、体調がとてもよくなった。それでいいと思っている。また長寿の意味も元気で過ごせる健康寿命なのか、ただ寝たきりであの世に旅立たない限り、長寿としているのかはよくわからない。自分の周囲の人たちに対しては、どんな状態でも生きていて欲しいと願うけれど、自分は何もわからず寝たきりで百歳を迎えてご長寿といわれるよりも、毎日、自分の意思を持って過ごせるのなら、平均寿命より短い人生でいい。その選択は人それぞれだろう。

食品ひとつとっても、正反対の評価があるのは、結局は何を食べてもいいという意味ではないかと考える。ただ量的に控えたほうがいい食品はあるので、それを守ればあとは茶色い玄米、全粒粉パンだろうが、白米や食パンだろうが、自分の体に合ったものを食べればいい。人間の体は複雑で「エビデンス」だけではくくれない。それをろくな説明もせずに、「エビデンス」というひと言で納得させようとする人たちに、私はとても胡散臭《うさんくさ》さを感じてしまうのだ。

7 CM

うちではCS放送の契約をしていないので、テレビで観られるのは地上波とBSである。テレビを観るのに割《さ》ける時間があまりなく、興味のある番組は録画して、時間があるときに観ている。ふだんは地上波だけを観ていることが多かった。

それが一年ほど前から、昭和の有名人が登場するクイズ番組が面白く（といっても友だち二人に薦めたけれど、彼女たちはそれほどでもなかったという反応）、そのためだけにBSを観るようになった。前からBSには通販番組が多いのは知っていたし、スタジオのおばさんエキストラの、わざとらしい「えーっ」「安ーい」「欲しーい」という叫び声にはうんざりしていた。そういった番組を観なければ問題はないのだが、BSでは地上波で観られないようなCMが流れている。それが、とにかくえぐいのだ。

CMは何であっても、視聴者に対して「あなたにはこれが足りない」「これを使っていないと損をする」「持っていないと遅れてますよ」と不安感情を駆り立てるようにできている。地上波のCMはそれであっても、多少、オブラートに包まれている。しかしBSのCMは直接的なのだ。どうしてかと考えてみたら、BSを観ている層が地上波よりは高齢なので、はっきりいわないとわからないから強烈な表現にする、あるいは年寄りにより強い恐怖を与えて、財布を開けさせようという魂胆ではないかと疑うに至った。

地上波のCMは、どんなものであってもオブラートに包まれて表現される。頭痛薬の場合、美人女優が、

「ちょっと痛い」

といった顔をしかめる程度の演技をし、薬を服用すると、ぱーっと顔の表情が明るくなって、治ったことをイメージさせる。本人にとっては問題のある毛深さであったり、体の痛みであったとしても、

「大丈夫だよ。これを買ったり、使ったりすれば平気になるよ」

と、ほっとするような優しさで包み込んでくれる。結局は商品を買わせるのには変わりないのだが、高齢者に対しても、現実を直視しない方向に持っていっている。大人用の紙おむつなども、下着と変わらない感覚で身につけられて安心と、使う人が前向きになれるようにとアピールしている。なかには、排尿痛に「ボーコレン」、ひびわれに「なめらかかと」、おならに「ガスピタン」、しみに「ケシミン」、肛門のかゆみに「オシリア」など、いつも薬のネーミングが個性的な小林製薬が、直接的な方法で攻めている例もあるが、CMを観てもぎょっとはしない。

しかしBSの「痛み」「悩み」の表現はそんなものではない。とにかく痛み、しみ、口の臭いなど、老いに強く訴えかけるものが目立つ。高齢者がターゲットなので、有名なタレントではなく、一般人に近いリアルな中高年を登場させ、そしてその痛がり方も、「ちょっと痛い」というような軽いものではない。ソファから立ち上がったとたんに、明らかに普通ではない姿勢で腰を押さえたり、一歩踏み出したとたんに頽《くずお》れて、膝に手を当てて顔をしかめ、「ぐああ」「ぐおおお」といった苦悶の叫びが聞こえてきそうな表情なのだ。明らかに、

「これは尋常ではありません」

といった雰囲気の作りになっている。高齢者は、「これは私も同じ」「今はそれほどでもないけれど、俺もいずれはこうなるのか」と不安になるに違いない。そこで薬がどーんと登場して、服用した人がどんなに体が楽になったかを説明する。飲み忘れの心配がある高齢者のために、一日一錠でいいとか、彼らの心理をよく考えて作っているのだ。おまけに、値段の高さに対する不安にも応えて、今、申し込めば初回のみ七十パーセントオフなどというとてつもない値引き。それを観て高齢者がお得とばかりに購入するのが目に見えるようだ。

高齢になってくるとまつげが抜けて本数が少なくなるものだが、まつげがたっぷりあ

るのを「びっしり濃密まつげ」、その反対の状態を「がっかりまつげ」といっているのもちょっとひどい。「50代からの根本《ねもと》枯渇」という文言も観た。また女性のしみの場合、地上波では顔にしみ風のメイクをしたとしても、それほど大きくないものがひとつある程度なのに、ＢＳでは、

「そんなにしみを作らなくても」

といいたくなるくらい、複数のしみを作った女性が登場する。もちろん彼女は困惑した様子で鏡で自分の顔を確認し、その表情がとても暗い。誰かの顔にしみが多かったとしても、悪口はいわないし、老けているとも思わない。少なくとも私はそうだ。

ＢＳのＣＭに対しては、

「あんたたちには温情というものがないのか」

といいたくなる。もしもＢＳで大人用紙おむつのＣＭが流れたら、視聴者に向かって指をさし、

「あなた、漏らしましたね。これを使わないからですよ」

といいそうだ。それくらいＢＳのＣＭは容赦なく切り込んでくるのだ。

そしてつい最近、目にしたのは、ネコが登場するＣＭである。地上波でも旅行会社、風邪薬、携帯電話会社などにネコが登場していて、どのＣＭでも花を添えている。しか

しBSでの演出は、

「飼い主の口の臭さに閉口して、ぶつぶつと心の声で文句をいい続けているネコ」

になっていた。その飼い主というのも、おっさんではなく美魔女の奥様。昔、

「おじいちゃん、お口臭い」

と女児が祖父の口臭を指摘するCMがあり、観ているほうも、

「まあ、じいさんの入れ歯の臭いなら仕方がない」

と納得したものだ。しかし口が臭い相手が美魔女なのは、はじめてではないかと思う。おじいちゃん、おっさんの口が臭いのは過去のCMですでにいい尽くされているので、メーカーは今までターゲットにされていなかった、美魔女の口が臭いと打ってでたのだ。

ネコの心の声は画面に文字で表示される。

「五年間、至れり尽くせりで感謝してるにゃ」

ネコは健気《けなげ》なのである。しかし美魔女の口が臭いのが耐えられないので、そのたびに、

「おえっ」

となる。彼女が口を開くたびに、そこからは茶色い煙みたいなものが吐き出され、ネコはそっぽを向く。彼女はネコがかわいいので、朝、起きてすぐに顔を寄せて撫《な》でてやる。そのたびにネコはげんなりする。

「朝はまた一段とニオうにゃ！　もう気絶しそう」

それを見た美魔女が、

「朝はいつも元気がないのねえ」

と声をかけると、ネコは、

「あなたのせいだにゃ！」

というのである。そんなに臭いのなら、ネコよりも最初に夫が気がつくのではと思うが、かわいがっている対象に臭いといわれる衝撃を狙ったのに違いない。

ネコは臭いといやがりつつ、飼い主のために、

「何か、いいものないかにゃ〜」

とつぶやく。そこで登場するのが、口の臭いを消すタブレット。そしてそれを使った美魔女が、ネコを撫でながら話しかけると、その口から出るのがそれまでの汚い茶色ではなく、緑色のキラキラした煙に変わるのだ。ネコ好きからすると、登場するネコが終始緊張していて、心の中の声とネコの態度が一致しておらず、このネコは大丈夫かしら、慣れていないのに撮影に連れてこられているんじゃないのかなと、そちらのほうが気になってしまった。

もしもこのＣＭがゴールデンタイムの地上波で流れたとしたら、

「あんなに外見に気を遣っている美魔女が、歯の手入れを疎《おろそ》かにしているわけないじゃない。絶対に口は臭くないはず」

といった意見が殺到するのではないか。そしてネコを観て、「ネコ、怯《おび》えてる」「かわいそう」「無理やり連れてきたのでは」などの意見が出るに違いない。CMを観て、買ってみようという人はあまりいないような気がする。しかし視聴者の平均年齢が高いBSだと、

「あんな美魔女でさえ臭いのなら、そうでない私はどんなに臭いのやら」

と飼いネコをそっと見たりする。ネコを抱き上げて、

「お口、臭い？」

と聞いてそっぽを向かれたら、あわててそのタブレットを作っている製薬会社に電話してしまう可能性はありそうだ。BSのCMはえぐいけれども、きれいごとではない真実を伝えているのかもしれない。しかし中高年の体は、直球がツボに当たるととても痛いのである。そこを財布を開けないでぐっと我慢するか、へなへなとメーカーに電話してしまうかは、その人次第だ。私は騙《だま》されないと思いつつ、次はどんなCMが登場するのかと、じっと画面を見つめているのである。

8

外国人が好きな日本

「オモイデはニッポンの人」という、公益社団法人ＡＣジャパン提供のＣＭを、テレビ、ラジオで耳にした。流暢ではない日本語を話す外国人が、日本人と触れ合って楽しかった経験を、短い言葉で伝えるという内容だ。最初はラジオで聴いて「？」と思ったのだけれど、その後、テレビで映像を観て、なぜにこのようなＣＭを制作し、

「２０２０年に向け、日本を考えよう」

などといわれなくちゃならないのかと不愉快になった。ＡＣジャパンは人権、障害者への理解、ペットの殺処分に関して提言するなど、いい内容のものもたくさんあるのだけれど、これはちょっとなあと思った。

「２０２０年に向け……」

といっているところをみると、

「オリンピックがあるし、日本はこれからは観光で食っていかなくちゃならないのだから、国民一同、外国の方々を失礼のないようにお迎えするように」

ということなのだろうが、大きなお世話である。訪日した外国人の方々には、日本を

楽しんで欲しいし、旅行がいい思い出になって欲しい。私もこれまでに何か国か旅行をしたが、今でもそれぞれの国で出会った人々や動物を思い出す。スペインの市場で会った、パンだけ買った私に、お店の人に生ハムをサービスしてパンに挟んであげろと指示してくれた、優しいおばちゃんとか、私が店に置いてあるレースや刺繍の素晴らしさに感激していたら、その店が保存している、アンティークの手仕事の美しい子供服を奥から出してきて何着も見せてくれた、フィレンツェの洋服店のオーナー姉妹とか、道に迷っていたら、「ドコニイクノデスカ」と日本語で声をかけてくれた、台湾のおじさんとか、親切な人についてはもちろん、二十歳で行ったニューヨークのカフェの店主に、しっしっと追い払われたことなど、いやな思いをしたことも思い出す。それでまた怒りがこみあげるわけではなく、

「そういうこともあったな」

といった淡々とした気持ちである。旅行の思い出は国内、海外関係なく、そんなものでいいのではないか。印象がよければそれにこしたことはないが、悪ければ悪いなりにそれもまた経験で、どんな出来事でもその人の受け取り方次第だろう。

訪日する外国人に対しては、日本人と同じように接すればいいのだ。困っている人に助けを求められれば、できるだけのことはしてあげたいし、会話がうまく進まなかった

ら、あの手この手でできるだけコミュニケーションをとろうと考える。基本はそれでいいはずなのに、わざわざ日本人と仲よくしている外国人を登場させて、

「わかってますね、ちゃんとやりなさいよ」

と暗にプレッシャーをかけてくるところがいやなのだ。

ここ何年かで、「日本人は世界でがんばっている」「日本は素晴らしい」「外国の人がこんなに好きなニッポン」といった日本礼賛のテレビ番組が増えていることに、違和感を感じていた。たしかに日本には伝統文化をはじめ、よいところがたくさんあるのは私も認める。問題は多々あるけれど、究極の選択で好きかきらいかと問われたら、好きと返事をする。外国人が日本の様々な事柄に興味を示して、日本人でもなかなか足を踏み入れようとしない分野の仕事に就こうと修業をしている姿を見ると、立派だなあと頭が下がる。同じく現地の人々に感謝され、とても自分にはできない生き方をしている外国人の方々に対してもそう思う。しかしなぜそんなに「外国人が好きな日本」をアピールしたいのか疑問なのだ。

日本人は他人の目が気になって、自分一人では思い切った行動ができず、周囲に同調しようと自分の気持ちを押し込めて、摩擦が起きないようにする。それなのに外国人から評価されたとたん、実際はそうではないのに、素晴らしい能力のある人になったよう

な気持ちになる人もいる。日本人が外国で評価されるのはうれしいことだが、それはその人の問題で、自分の問題ではない。日本人すべてが外国で評価されているわけではない。

番組では日本が好きな外国人しか出てこないから、日本人、つまり自分たちが「世界からこんなに好かれている」と勘違いする。日本は素晴らしいとか、外国人はこんなに日本が好き、という番組の作り方は、自己承認要求が強いSNS命の人たちと根っこが同じのような気がする。私たちって、他人に評価されてるんだよね。だからもっと自信を持っていいんだよねといった、不安が根底にある自己承認。それが他人ではなく他国に変わっただけで、外国人から褒められたい私たちという、さもしい根性が透《す》けて見えるのだ。

その一方で、訪日した外国人技能実習生の悲惨な現状をニュースで知って、

「ひどすぎるじゃないか」

とますます腹が立ってきた。法務省の公表によると、外国人技能実習生には、二〇一〇年から二〇一七年までで、死亡者が百七十四人もいたのだそうだ。そのうち二十代が百十八人、なかには十代もいたという。それまでにも外国人労働者の激務、低賃金などは時折、話題になっていたが、実習生に対してもこんなにひどい状況だとは想像もしていなかった。死亡の理由の多くは自殺、溺死などで、何と気の毒なことかと申し訳ない

気持ちになってくる。日本で働き学ぶことを夢見て、がんばってやってきた多くの若者が、最終的に死を選ばなくてはならないなんて、国として大問題である。

国がお金を支払う外国人にはそんな冷酷な態度。その一方で、日本にお金を落としてくれる外国人には、親切にしましょうなんて、国として下品すぎる。このＣＭを企画する人たちは、子供の頃、親から、

「物をくれる人に、媚《こ》びへつらうものではない」

と教わらなかったのだろうか。外国人に対する日本人の態度に関して提言するのであれば、まず日本で過酷な毎日を送っている外国人のことを考えてあげよう、なのではないのか。私はこのＣＭを観たり聴いたりするたびに、

「まったく何を考えているんだか」

といつも毒づいてしまうのだ。

9

受験

受験シーズンになると、受験生がいる家庭にとっては、結果が出るまで落ち着かない日々が続くことだろう。以前は官僚の息子の裏口入学が話題になった。そんな話は私が若い頃からたくさんあったが、それが医科大学で行われていたと知って恐ろしくなった。おまけに合格基準に達している女子学生や浪人生に対して点数を操作して不合格にしたという、信じられない事実が露呈した。たとえ底上げで医大に裏口入学をしたとしても、医師になるためには国家試験に合格しなくてはならないけれど、周囲の大人たちの考え方がまともではないので、それすら裏から手加減されて合格になる可能性がありそうだ。顔がぼかされた両親と件の息子が大学の門の前で、入学式の記念撮影をした画像をニュースで観たが、

「この家族のなかで、裏口入学の話が出ても、『お父さん。それはいけないことだ』と注意する人物はいなかったのかね」

と情けなくなった。

私の入った私立大学の学部には、嘘か本当か知らないが、合格者として校内に貼り出

された名簿は正規合格者で、その人たちは公の入学金を支払えばいいのだが、その他に一次補欠から三次補欠までいて、後日連絡があって、一次補欠十万円、二次補欠二十万円、三次補欠三十万円を支払えば、入学できるという噂があった。どういうわけかその噂は受験前から耳に入ってきていた。合格発表を見にいったら自分の番号があったので、すぐ母に、

「受かった」

と電話をした。すると彼女は、よかったねの前に、

「それで何次補欠？」

と聞いてきた。不安になって合格書類をくれた大学の職員に、

「私は補欠ですか」

と確認したら、

「いいえ、間違いなく合格ですよ」

といわれてほっとしたのだった。

入学してみたら、たしかに同学年の人数はとても多かった。私と同じように補欠の話を知っていた地方出身の学生が、

「学生番号の前のほうの番号は、付属から上がってきた人、真ん中の番号は正規合格、

後ろのほうの番号は補欠の人」

と教えてくれた。たしかに彼女がいうとおり、前のほうの番号は、全員付属高校の出身者だった。しかし後ろのほうの学生番号の人たちに、

「お金払った?」

とも聞けないし、それで彼らとの付き合い方を変える気もないので、やっぱり本当なのかなと思いながら過ごしていた。

その後ろの学生番号の人たちのなかに、大金持ちの娘がいた。彼女はブランド品を身につけ、ポルシェに乗り、芸能人とも交際していたが、何でもしゃべってしまう、さばさばしすぎる性格の人だった。ある日、みんなで休み時間に雑談していたら、彼女が、

「私はお金を積んで入ったからさあ」

と笑った。

(おお、やっぱり)

私が心の中でうなずいていると、横にいた女子が、

「へえ、いくら払ったの」

とすかさず聞いた。

「うーん、詳しくはわからないけど、寄付金を含めて八十万円くらいかな。私、馬鹿だ

からさ、これくらい払わないと入学できなかったのよ。あっはっは」

あまりにあっさりいうので、私たちは何もいえず、

「へえ、そうなんだ」

とみんなで笑うしかなかった。その後も彼女は、年度末になると、

「ああ、またパパに頼まなくっちゃ」

といっていた。一単位を三万円で買うのだと聞いてまた驚いた。そのせいか彼女はテストのとき以外には、ほとんど大学に来ないながらも、留年せずに無事に卒業した。

この話は今から四十年以上も前の話なので、今は違うだろうが、私立大学の場合は、裏でお金が動いても仕方がない部分がある。一部の学生が裏口入学をしたとしても、卒業して人の命を預かるとか、国の重要な部分を担うといった学部ではなかったので、大学と学生の保護者との間で話がつけば、そのために不合格になる人が出なければ問題はない。しかし当時でも私は、医科大学ではこんなことはありえないと信じていた。

某有名私立大学に通っている子供を持つ母親から、息子と同じクラスにどうしようもなく成績の悪い学生がいて、それだけならともかく、なぜか他の学生を見下す態度をとるものだから、みんなにきらわれているという話を聞いた。その人が、

「みんな試験に合格して入学しているのにね。どうしてそんな勉強ができない子がいる

のかしら。裏口なのかしら」

と息子にいったら、

「みんなそういってるよ。創立者と同じ名字なんだもん」

といった。

「絶対、コネで入ったのよ」

彼女は深くうなずいていた。名字が同じなのがとても怪しい。創立者の縁戚なら断るわけにもいかず、というか、もしかしたらどこの私立大学にも縁故《えんこ》枠があるのかもしれない。

私が受験をしていた頃と今とでは、高校のあり方も大学に通う意味もずいぶん違ってきた。大学への進学率は高くなっているし、少子化のせいで大学も生徒の取り合いになっている。とにかく生徒を入学させて、お金を払ってもらいたいのだ。

知り合いの女性のひとり娘は大学を卒業し、今は医療系の研究職に就いている。それを聞いた近所に住んでいる女性が、うちの高校生の息子に受験のアドバイスをして欲しいと頼んできた。どうして自分でやらないのかと聞いたら、大学の話を聞いても、地方の大学出身の自分には何もわからない。だからずっと東京に住んでいて娘を難関校に合格させたあなたにまかせたいといわれた。親も自分の子供のことなのに、きっちりと現実に向き合おうとせず、塾や他人に丸投げなのだ。

知り合いは困ったと思いつつ、当時、高校生だった彼に会って話を聞くと、

「農学部に行きたい」

といった。彼女はそれはいいねと同意し、話を聞いてみたが、どうも話がかみ合わない。

「どうして農学部を選んだの」

彼にたずねたら、

「塾の先生にいわれたから」

といった。塾で模試の結果が出ると、講師が各大学の学部の偏差値と照らし合わせて、〇〇大学や××大学の農学部だったら大丈夫といわれたのだそうだ。

「ところであなたは、農業を勉強したいの？」

「別に」

実は本人の希望でも何でもなかった。希望している学部じゃないから、農学部に入ってもやりたいことがない。

「そんなに最初から枠を決めないで、自分のやりたいことをまず考えたら」

そうアドバイスをしても、彼は積極的に自分が何をしたいといわない。

それから間もなくして、彼は大学を卒業したら会社員になるといった。

「それなら文系の大学を受験して、合格した学校に入ったらどうかしら」

それで彼も納得したと思っていたら、今度は、

「会社に勤めて、人と話したりするのは面倒くさいし営業もいやだ。何かを研究したい」

といいはじめた。

「文系の大学で何を研究するの」

と聞いても、農学部のときと同じで何も勉強したいものがない。

「高校生のときから、きっちり将来を決められるわけではないけれど、何かこう、こういった方面が好きとか、そういうのはないの」

「特にないです」

こんな会話が繰り返され、会うたびに話す内容が変化するので、どうしてそんなに毎回、変わるのだろうと不思議に思っていた。するとテストの結果によって塾の講師が一貫性なく、ただ「現時点の偏差値で入学できる大学の学部、学科」を彼に告げ、当の本人も自分で何も決められないので、そのたびに彼の志望は変化するのだった。

その話を聞いた私が、

「そういうやり方って受験生の将来とか、全然、考えてないですよね。どこの大学でもいいから、塾から数多くの合格者が出ればいいという考えだから、そうなるわけですよね」

と驚いていると、

「そうなのよね。ちょっとひどいよね」

と彼女も呆れていた。

面倒見のいい彼女は彼に、

「何かを研究したいのだったら文系はやめて理系にしたら。そのほうがあなたのきらいな営業の仕事はしなくて済むだろうし。英語の成績はいいんだから、これから理系の科目をがんばればどこかにひっかかるでしょう」

とアドバイスした。すると彼は志望をさっさと理系に変更して、一生懸命に勉強しているそうである。彼女は、

「娘のときよりも心配」

とため息をついていた。

彼女の話を聞いていると、昔は受験は本人と高校、大学の二か所の関係性だけだったのが、今はその間に塾が参入していて、高校よりも力を持っているようだ。私の時代にも、予備校の現役高校生の受験コースに通ったり、家庭教師をつけたりしている子はいたが、クラスに一人か二人だった。そろばん塾に通っている子は多かったが、今ほど小学生の頃から学習塾に通っているわけではなかったので、塾との関係性もそれほど深く

なかった。しかし今の受験体制では塾に通わないと合格は無理なのだそうだ。

またある母親からは、私立高校に通っていて、エスカレーター式に上がれる大学ではない、別の私立大学に合格した娘さんのところに、高校から電話がかかってきた話を聞いた。娘さんは先生から、

「合格が決まったから、今は暇でしょ。国立を受けてくれないかな」

といわれた。

「どうして受けなくちゃいけないんですか」

娘さんが不思議に思ってたずねると、とにかく高校としては、大学の合格者の多さをアピールしたいので、すでに私立大学に合格している三年生に連絡をして、受験を頼んでいるのだった。娘さんはいわれたとおりにする気持ちはまったくなかったが、相手が先生なので、

「考えます」

といちおう返事をして受験はしなかった。この顚末を私に教えてくれた母親は、

「百歩譲って高校が受験料を負担してくれるのならともかく、何でこっちが受験料まで払って、娘が入りもしない大学を受験しなくちゃならないんだ」

と怒っていた。私はその私立高校は歴史も品格もある学校と感じていたので、そこま

でやらせるのかとショックだった。創立者の方がこれを知ったら、草葉の陰で泣いておられるであろうといいたくなった。

塾は生徒を合格させるのが商売だから、とにかく合格者数だけを増やしたい。生徒ではなく自分中心のそのような塾ばかりだとは思いたくないが、受験生の適性を無視して、受かる可能性のある大学ばかりを薦める。自分で志望校を決められる生徒はいいが、そうではない性格の子だったら、

「ここならば合格できる」

と薦められたら、気持ちが揺らぐだろう。大学の受験料も高額と聞くので何校も受験できないだろうし、安全といわれた大学を受けようと考えるのは当然だ。しかしその学部と生徒の適性が合致しているかは別問題なのだ。生徒の適性を含めて判断するのではなく、受験校を決定する基準が、すべて塾の模試の偏差値というのが私には納得しがたい。塾としては合格者が少ないよりも多いほうがいいのは十分わかるが、その手口が汚い。しかしそれが当たり前になりつつある世の中なのかもしれない。

おまけに高校ですら、生徒を学校のレベルアップに利用しようとする。生徒を育てる教育機関なのに情けない。受験がすべてではないし、失敗しても、あとから考えたら落ちたほうがよかったという状況が、人生にはいくらでもある。裏口、縁故、塾主導と、

受験を取り巻く状況が昔よりももっと複雑になって生徒たちは気の毒だが、大人たちの私利私欲に利用されず、自分らしく生きて欲しいと心から願っている。

10 グレイヘア

最近、白髪染めをしないで、素のままの髪の色を、グレイヘアと呼ぶようになったそうだ。白髪染めをしないフランスのマダムたちの写真集が出版されて、それが日本にも影響を及ぼしているのだという。私は肌が弱いので、パーマをかけたことも、一般的な白髪染めも経験したことがない。だからずっと白髪交じりになっている。

白髪は五十代になって出はじめ、試しにインドの伝統的な染料のヘナを使ってみたことがあった。色がのっても徐々に退色していくので負担がないというのを聞き、どんな色になるのかを試してみたかったからだった。色合いは何種類かあるのだが、そのなかでいちばん濃いブラウンに染まる、インディゴが混ざった粉を購入した。ぬるま湯で溶くよりも、より濃い色に染まるというので、紅茶でどろどろに溶いて白髪の部分に塗って一時間放置。抹茶のような匂いがした。それを洗い流すと白髪に色がついたが、天然染料で刺激がないといいながら、私にはかゆくなってだめだった。しかし、かゆくならなければ使い続けたかというと、そうはしなかったと思う。私自身は白髪は隠す必要はないのではと考えるからだ。

私の周囲の五十代、六十代の人で、白髪染めをしている人は約半数だ。染めている人も、

「早くやめたいんだけど、タイミングがわからなくて」

といっている。染めずにいる途中がとても見苦しくなるので、そこで我慢できずにまた染めてしまうという。それはたしかにそうだろう。ベリーショートならば、それほど目立たないだろうけれど、肩くらいの長さがあると、もとの自分の髪の色に戻るまで、一年半以上はかかるだろう。その間にはお洒落をして出かけなくてはならない場もあるだろうし、そうなったらやはり気になるのは当然だ。担当のヘアスタイリストの人に相談すると、そのほうが店が潤うこともあるのだろうが、

「染めたほうが若く見える」

といつもいわれるのだそうだ。これは決定的な言葉で、「若く見える」は女性が白髪染めをやめるのを躊躇させる、悪魔の言葉なのだ。

そういわれた彼女は、草笛光子さんを目標にしていて、

「今から白髪染めをやめておいたほうがいいと思う」

とはいうのだが、「若く見える」という言葉にくじけて、

「ああ、また染めてしまった」

と後悔するのだそうだ。

もう一人の女性は私よりも五、六歳年下だが、白髪染めをやめようと思い立ち、何か月かは過ごしていたが、親戚の結婚式に出席することになった。すると娘さんに、

「式に出るときは、きれいにしておいたほうがいいから染めたら」

といわれたのだという。それでまた白髪染めをして、

「元に戻ってしまった」

と嘆いていた。染めても後悔、染めなくても後悔、魔のスパイラルである。

私が通っているヘアサロンでは、最初に自分の好みを記入するアンケートを書く。そのなかに白髪染めはしないという欄があり、そこに○をつけたので、何もいわれない。「染めたほうが若く見える」と勧めるだけではなく、そういう店が多くなってくれれば、利用する人たちは鏡の前で迷わなくて済むのではないかと思う。

どうして白髪はそんなにいけないものなのか。私が子供の頃のおばさん、おばあさんの髪の色は、白、灰、黒しかなかった。染める派の女性たちは、みな不自然に真っ黒な、日本人形のような髪の色をしていた。それだけ白髪染めの染料の色の種類がなかった。茶系に染めている人は、水商売の女性とだいたい決まっていて、今から思えば失礼な話だが、大人たちはいい印象を持っていなかった。染料の質もよくなかったので、その茶色も今のような自然な茶色ではなく、日を追うごとに赤が勝ってばさばさになってくる。

それに合うように化粧をすると厚化粧になって、余計に派手に見られたりもしたのだろう。

一方、白髪頭の男性に対しては、「ロマンスグレー」という言葉があった。おじさん全部がそういわれたわけではなく、品のいい紳士や奥さんたちに人気のある中高年の俳優が対象だったが、グレーはわかるが、何がロマンスなんだろうかと、子供の私は首を傾げていた。女性に対してはそれに匹敵するような言葉は一切なく、「グレー」がよいという評価はなかった。それから数十年も経っているのに、いまだに女性は「白髪は老けて見える」呪縛から逃れられないのだ。

ただ冒頭に書いたように、「白髪」が「グレイヘア」と呼ばれるようになって、定期的にやっていた白髪染めをやめるのに抵抗がなくなった日本人女性が多いという話も聞いた。しかしグレイヘアといい換えたとしても、白髪は白髪に変わりはない。不良が「やんちゃ」、集団からの脱退、クビが「卒業」になったとしても、本質には何の変わりもないのである。きっとフランスのマダムがそうしているからと白髪染めをやめた人たちは、自分が流行にのった感じがするのだろう。なかには白髪染めが肌に合わず、皮膚が炎症を起こしたり、ひどいときは体調が悪くなっているのに、周囲の目を気にしてずっと白髪染めを続けていた人もいたそうだ。

「なんで自分の体を痛めて、それを我慢してまで周囲の目を気にするのか」

といいたくなる。白髪染めをしたくない人はしなくていいし、したい人はすればいい。白髪染めをやめるきっかけが、外国ではグレイヘアと呼ばれているからというのが、ちょっとなあと思う。白髪染めをするかしないかは、個人的な問題なのに、それが外国人、それもフランス人マダムの影響というのも、ちょっと情けない。

どんなものかとグレイヘアに関する本を買って読んでみたら、たしかにどの方も似合っていて、いいなと思った。しかしなぜかほとんどの人が赤い口紅をつけている。

「どうして白髪には赤い口紅なのか。それを否定はしないけれど、すっぴんでも薄い色の口紅でも、その人がよければいいのに」

こうなると白髪と赤い口紅がワンセットになってしまう恐れがある。

「グレイヘアにするのだったら、赤い口紅を塗らないと変ですよ」

というのなら、それは、

「白髪を染めないと若く見えませんよ」

というのと同じだ。白髪になると様々な色が似合いやすくなるのは事実だから、それぞれ好きな色を楽しめばいいのに、ほとんどが赤い口紅というのが、私にとっては不思議だった。これで赤い口紅がもっと売れるのかもしれない。

グレイヘアも商売のひとつである。白髪染めの会社は商品が売れなくなって困るかもしれないが、グレイヘア関係の本は売れるだろうし、グレイヘアに似合うような品々にも動きがあるだろう。もしもフランス人マダムの本が話題にならなかったら、ずっとうじうじと悩みながら、白髪染めを続けていた人がいただろう。しかし外国人はもともと髪の毛の色が日本人より薄いし、白髪ができた女性のみんながみんな、グレイヘアにしているわけではないはずだ。私が若い頃は、外国ではブロンドのほうが好まれるので、髪の色が濃い女性は脱色しているという話も聞いたことがあった。

ただ何であっても、自分がいやだと感じていることをやめるきっかけになるのはいいことだ。しかしそれを自分の意思で決定できないところが私は気になる。若い人なら異性の目も気になるだろうから、ちょっと我慢しても……というふうになるかもしれないが、白髪染めの対象になるのは多くの場合、中年女性である。四十数年生きてきてそれなりの分別もあるだろうに、我慢して白髪染めをし続けるなんて、

「それはだめでしょう」

である。

白髪染めをしている友だちは、私に気を遣って、

「グレイヘアだから、こういう色が似合うわね」

といってくれる。しかし私は、

「そう、白髪だからね」

という。白髪は白髪なのである。すべてそこからではないか。私は白髪じゃなくてグレイヘア、という人はそれでもいいが、いつかグレイヘアが流行遅れになったときに、また心が揺れ動くような気がする。流行に流されるのならそれもまたいいだろう。とにかく我慢する人生は、自分の顔に如実に表れる。髪を染めても染めなくても、それぞれの重ねてきた年齢が、いいほうに表れればいいなと思う。

11 スマホ中高年

寒い日が続いていたのが嘘のように気温が上がった穏やかな週末、これは散歩を兼ねてのんびり外に出るしかないと、午前中に隣町まで買い出しに行った。うちの近所にもスーパーマーケットはあるのだが、品揃えがいまひとつなので、月に何回かはスーパーマーケットが複数ある、隣町に行くのが習慣になっている。

気温が高かったせいか、ふだんにも増して歩いている人が多い。イヌの散歩をしている人もたくさん見かけた。ふだんよりもちょっと遠回りをして、家の前でごろごろと寝転がっている首輪をつけた飼いネコをかまったり、住宅地のなかの小さな公園を端から端まで歩いたりした。そしてまだ混雑していない、駅に近いスーパーマーケットで無事、買い物を済ませて歩いていると、そこここに単独行動の中高年の男性や女性が立っていた。彼らはてんでんばらばらの方角を向きながらも、同じ体勢で立ち尽くしている。

(これはいったい、何?)

ぎょっとしていると、彼らはみなスマホを手にして、画面をじっと見つめていたのだった。

私はスマホが世の中に普及しはじめてから、電車の七人掛けの座席に座っている人々を見て、「スマホ、携帯ゲーム派」対「本、新聞、雑誌派」に分けて勝敗をつけていた。調査をはじめた当初は、中高年の男性が新聞、スポーツ紙、週刊誌を読んでいたり、女性は文庫本を読んでいたりと、比率は半々だったのだが、そのうち「スマホ、携帯ゲーム派」が隆盛になって「本、新聞、雑誌派」はどんどん劣勢を極め、中高年の多くがスマホを持つようになってからは惨憺《さんたん》たる有様になっている。

先日も極私的に電車内で調査したところ、平日の日中十二時半、向かい合った全十四席の座席で本、雑誌等を読んでいる人はゼロ、寝ている人が一人、あとは全員、スマホの画面を見ていた。他の日も本派は全敗だった。それくらい中年はもちろん、高齢者もスマホを持つのが当たり前になってきたのだろう。

しかし、通信障害が発生した際、携帯、スマホが使えなくなるという事態になった。ニュースで渋谷の様子を映していたが、若い女性が、友だちと会えないとあせりながら、小走りになってあたふたしていた。彼女を取材していた人が、

「あそこに公衆電話があるので、電話をしたらどうですか？　ずいぶん人が並んでいますけど」

と教えてあげたら、彼女がいうには、会う相手はツイッター上で知り合った人なので、

ハンドルネームは知っているが顔はわからず、その人の住所も電話番号も、本名も知らないのだそうだ。これでは頼みの綱のインターネットがつながらないと、渋谷のように人出の多いところで会うのは絶対に不可能だろう。

そして公衆電話を使ったことがないという若者もいた。そうか、そういう世代もいるのだなあとびっくりしていると、彼らは小銭を持つのが鬱陶しくて、キャッシュレスにしているので、公衆電話を使おうにも小銭を持っていないのだそうだ。この話を知人にしたら、昭和の家庭ならどこにでもあった、黒い固定電話機を見て、それが何かわからなかった若者が多いという話を教えてくれた。隔世の感があるねえと知人とうなずき合い、

「便利なものは、何かがあるととてつもなく不便になるからなあ」

と私はつぶやいた。

高齢者もスマホを持つようになると、家族も安心できるのかもしれないが、道路のそこここに、同じようなダウンのコートを着た中高年たちが、同じ角度で手にしたスマホを見つめている姿は、異様にも思えた。

「ここに一人、反対側に一人、向こうにも一人……」

と数えていたら、私の視界の範囲には十人いた。彼らは一部の不真面目な若い人とは違い、歩きスマホはいけないとわかっているので、マナーを守ってきちんと立ち止まっ

て、画面を凝視している。

なかには、それぞれが手にしたスマホを凝視している白髪の夫婦らしき二人もいた。彼らは自分が探したいものを検索しているだけで、何の罪もない。しかし様々な方角を向いたそういった人々が周辺に十人もいると、それを全体像として眺めている私には、彼らが手にしたスマホをじっと見つめながら、路上に立っている姿は、自分が信じている神様からのご託宣を待っている人のように宗教っぽく見えて、ちょっと薄気味悪かった。

そんななかでスーツ姿にコートを羽織った一人の高齢男性が、地図のコピーを手に右往左往していた。配送業者のお兄さんを摑まえて、

「すみません、ここに行きたいんだけど、わかんないんだよね」

と紙を見せていた。しかしその地図に不備があったようで、配達のプロにもわからないといわれ、彼は周囲をきょろきょろ見回しながら、

「そうか、困ったなあ」

と顔をしかめていた。彼がスマホを使えたら、すぐに行きたい場所に行けたかもしれないが、昔はみんなこんなものだった。彼は再び駅のほうに戻っていったが、路上でてんでんの方向を向いてスマホで検索していた人々は、求める検索結果が出てこないのか、その場を立ち去る人はほとんどいなかった。ちょっと確認するくらいだったら、すぐに

終わるはずなのに、どうしてそんなに時間がかかるのか不明だが、彼らは延々とスマホを凝視し続けていた。

駅の近くなので、これから昼食を食べに行く店でも探しているのだろうか。それにしてもずいぶん同じことをしている人が多いなあとあれこれ考えながら帰り道を歩いていたら、その道ばたのスマホ検索中高年が、駅から離れた住宅地にまで出没していた。いったい何人くらいいるのだろうかと、これまでに見た人数を思い出しつつ、同じような体勢でスマホを手にして立っていた人は、家に帰るまでの二十分足らずで五十人になっていた。沿線の駅に比べて、私が買い物をした場所は、たしかに多くの様々な店舗があるけれど、こんなにいるとは思わなかった。中高年はもちろん、特に高齢者にもスマホって普及しているんだとあらためて感じた。ターミナル駅付近には、同じような人がどれだけの数いるのだろうと恐ろしくもなった。

就職活動の時期になり、会社からどっと説明会や試験が終わった男女の学生が出てくると、みんな判で押したような、黒のスーツに白いシャツ、そしてスマホを耳に当てている姿に出くわす。クローン人間が大量に出てきたみたいで、気持ちが悪くなったが、それと同じような感覚だった。彼ら個人はまったく問題ないのだが、それがある一定数を超えると、対象がどんな集団であれ、私はぎょっとして恐ろしくなってしまうのだ。

繰り返すが、道ばたに邪魔にならないように立ち、スマホを凝視していた方々は何も悪いことをしていないし、自分の必要な操作をしていただけである。だけどスマホを持っていない私は、

「それって事前に家でできないことなのですか？」

と彼らに聞きたくなる。私は外で検索する術《すべ》を持っていないので、外出する場合は家でパソコンで検索をして、それを頭にたたき込むか、ちょっと覚えきれないかもと不安になったら、紙にメモして家を出る。出先であせるのがきらいなので、事前に準備をしておくようにしている。それでも目的の場所にスムーズに行けない場合があるので、困ったものなのだが。

路上のスマホ中高年や、通信障害で会う約束の人と連絡が取れなくなった女性を見ていると、今は行き当たりばったりの人が多いのかなと感じた。ハンドルネームを使って、お互いに見知らぬ人と会うのは、若い人にとっては普通なのかもしれないが、もうちょっと事前にお互いの情報を伝えていれば、こんなときに会える可能性がずっと高くなるのに、それはしないのだ。何でも教えてくれて、何でもわかっているスマホを持っていれば、その場で何とかしてくれると考えている。

だいたい日常生活で、ずっと路上でスマホを検索し続ける必要がある事柄なんてある

のだろうか。食事をする場所や買い物をする店舗を探すのなら、家でちょっと調べていけばいいのにといいたくなるが、路上の中高年はそうではないらしい。彼らもスマホがあるんだから、近くまで歩いていって、そこで調べればいいと考えているのだろうか。行き当たりばったり特有の楽しさもあるけれど、私はあの小さな四角にすべてをゆだねている人たちが恐ろしい。いつもいつも行き当たりばったりで大丈夫なのだろうかと、私は危惧しているのである。

12

若者の衛生感覚

先日、地下鉄の駅のホームで電車を待っていたら、リュックを背負った、お洒落に気を遣っているように見える、二十代半ばくらいの男性が歩いてきた。左手にはモバイルノート、右手にはテイクアウトをしたコーヒーの容器を持っている。私から三メートル離れたところで、そのまま立っていたのだが、きょろきょろとホームを見回しはじめた。そして遠くに目をやり、しばらく考えていたが、突然、右手に持ったコーヒーの容器をホームにじかに置いた。私がぎょっとしていると、右手が自由になった彼は、背負っていたリュックを膝の上にのせて、中から何かを取り出し、それをパンツのポケットに入れて再び背負い、そしてホームの上のコーヒーを取り上げて、何事もなかったかのようにひと口飲んだのだった。私はそれを見ながら、

（ホームに置く順位が違うのでは）

と彼に聞きたくなった。

もし自分が同じような状況で、リュックの中から物を出さなくてはならなくなったら、どうするかと考えた。まず彼と同じように荷物を置く場所があるかを探す。実はホーム

の端にベンチがひとつだけ設置してあるので、そこまで歩けば問題はない。そのときは誰もベンチには座っていなかった。都心の地下鉄とは違ってホームも短いので、遠いところまで延々と歩く距離でもない。私だったらそこまで歩いてゆっくりと荷物をベンチの上に置いて、必要なものを取り出す。そうすればこれから口にするコーヒーの容器をホームにじかに置く必要はなくなる。彼が目をやった方向はベンチがある場所なので、そこにあるのはわかったと思うが、そこまで行くのはやめたのだ。

もし自分もベンチまで歩くのをやめたとして、その場でどう処理するかを考えると、まずモバイルノートを左脇にぐっと挟み、左手にコーヒー容器を持ち替える。右手をフリーにしたあとコーヒーをこぼさないように気をつけながら、右手を使い体をくねらせながらリュックを背中からずらし、左脇のモバイルノートを落とさないように気をつける。あるいはモバイルノートを太ももの間に挟んで固定して、リュックであっても直接ホームに置くのは憚《はばか》られるので、両足の甲の上に置き、片手でリュックを開けて物を取り出してポケットに入れる。そしてそのあとは、モバイルノートは太ももの間に挟んだまま、あるいは左脇にぐっと挟んだまま、また体をくねらせて背負う。右手、左手と交互に持ち替えて、コーヒーの容器は必ず手に持つ。これは鉄則ではないかと思うのだが、どうも彼は違うようなのだった。

どうしてもホームにどれかをじかに置かなくてはならない場合、私の置く順位は、リュック、モバイルノート、コーヒー容器である。私は若い人が、これから口にするものを、駅のホームに直接置けることに驚いた。若い人たちは子供の頃から衛生観念に敏感な親に育てられ、とにかく除菌・殺菌といった環境で育てられているというイメージがあった。私が子供の頃などはひどいもので、畳の上に落としたおやつのせんべいなどは、捨てるのがもったいないから、形だけふっふと吹いて埃を全部とばした気になって食べた。日常でも手洗いはしたけれど、除菌・殺菌などという感覚などなかったから、そういう意味でいったら、手指には相当雑菌が付着していたと思うけれど、それでも腹痛を起こした記憶はない。

幼い頃から、そういった衛生面については厳しくいわれたであろう彼が、そういう行動をしたのはなぜなのだろう。単純に近くに置く場所がなく、ベンチのある場所まで歩くのが面倒くさかったということなのだろうが、それにしても私はこれから自分が口にするものは、不特定多数の人が歩くような場所にじかには置けない。それが平気という彼の感覚はちょっと理解できなかった。もしも彼の頭の中で、ちょっとまずいという判断が働けば、ホームの端のベンチのところまで歩くだろう。しかしそれよりも、彼はじか置きを選んだのだ。

そういえばあるときから、ヤンキーではなく、ごく普通に制服を着た女の子たちが、地べたに座ってお菓子を食べているのを何度も見かけるようになった。それもはじめて見たときは驚いた。しゃがんでいるのではなく、べったりと座って足を投げ出しているのだ。

（あなた、スカートが汚れるのでは？　それにだいたい地べたに直接座るのは、どう考えても汚いでしょう）

心の中ではそういっても口に出して注意する勇気はないし、いったとしてもきっと、

「おばさんに迷惑をかけてますか？」

といわれたら何もいい返せないので、困ったものだと思いながら、通り過ぎるしかなかった。ヤンキーはお尻を浮かせた状態で、ただしゃがんでいるだけだが、彼女たちはべったりお尻をつけて座っているので、より衛生面では問題だった。彼女たちの「きれい」「汚い」の判断がどうなっているのか、よくわからなかった。

それを何度も目撃してからの、彼の行動である。

「本当にどうなってるのか」

と聞きたいくらいだ。彼にとっては身につけているどれかをホームにじか置きしなくてはならない状態になり、いちばん置いてもよいと判断したのは、コーヒー容器だった

わけである。リュックも、モバイルノートはそれよりも置きたくない。値段の順番だったらいちばん安いコーヒーが置かれるのは仕方がないのかもしれないが、口をつけるものだし、それでもいいのだろうか。口をつける部分は直接、ホームに触れているわけではないので、衛生面には関係ない、という反論も考えられるが、私の感覚では埃やらウイルスやら、種々雑多なよくないものは、足元に近い部分にたくさん沈殿、浮遊しているような気がする。しかし彼の頭にはそういう考えはなかったのだろう。ただ手にしている容器があると不便なので、単純に下に置いただけなのか。リュックやモバイルノートは直接口をつけるものじゃないのだから、最悪の場合は下に置いて、あとできれいに除菌シートみたいなもので拭けばいいじゃないかと私は考えるのだが、彼はそうしなかった。コーヒー容器のホームじか置きは、衝撃だった。

そして昨日、電車に乗っていたら、大きなリュックを背負った大学生くらいの若者が、比較的大きめの平たい密閉容器を手にして乗ってきた。そして私の隣に立って、リュックのポケットから割り箸を出したかと思ったら、密閉容器にはめていたオレンジ色のゴムバンドをはずした。何をするのかなと何気なく見ていたら、彼は容器の蓋《ふた》を開けて中にあるものを、口の中にかき込みはじめたのである。

(えっ、食べてる？　ここで？　何を？)

私の頭の中にはそんな言葉が次々に浮かんできたが、じっと見ては悪いと気が咎《とが》めたので、何となーく遠くを見るふりをして、横目で観察していた。

密閉容器に入っていたのは、チャーハンだった。それも彩りが悪いので冷凍食品を解凍したものではない。全体的に茶色で、密閉容器から透けて見えたのと、彼が箸でつまんだものを見ていたら、玉ねぎと少量の人参、それとピンクのふちどりのあるかまぼこを細かく切ったものとわかった。どうやらそれらと御飯を炒《いた》めて、醬油で味付けをしたようだった。

もしも彼が自分で作ったのなら、それは褒めてあげたいけれど、

（あなた、それを電車内で食べますか）

である。座席に座ってではなく、ずっと立ったまま食べていたのは、いちおう彼にも恥じらいがあったのかもしれない。私は何年か前に、親と一緒に電車に乗っていた小学生の子供が、座席に腹這いになって、イカめしを食べているのを目撃したことがあったので、よほどのことでないと驚かないが、この若者にも結構、驚いた。

電車の中は相当空気が悪いはずだ。ましてやインフルエンザの注意報が出てノロウイルスが蔓延していた時期である。若いきれいな女性が、マスクをせずにずっと咳《せき》をし続けていたら、彼女の隣に誰も座らないのを目撃した頃でもあった。感染を避けたい人は

マスクをつけて予防したり、咳が出る人はマナーとしてマスクをつけている。しかしなかには、げほげほとひどい咳をしているのにもかかわらず、マスクをしていないおやじもいて、周囲の人から冷たい目で見られていた。晴れた日は光線の具合で、車内の無数の埃が動いているのが見える。あまりの空気の汚さにぎょっとする。きっと目には見えないけれども、様々なウイルスが浮遊しているに違いない。

ウイルスは口から入っても、胃まで流し込めば胃酸でやられてしまうという話もあるが、そんなウイルス感染警報が出ているなかでの、彼の堂々たる飲食。ある意味、強者《つわもの》かもしれない。しかしである。若い人たちの衛生観念はいったいどうなっているのか。それとも二人とも過度の衛生観念に反対する主義の親に、いちいち細かいことは気にしなくてよいという方針で育てられたのだろうか。

今の若者はある部分では神経質すぎるほど潔癖なのに、ある部分ではとても無頓着で鈍感。それに自身の危機管理に関してもとても甘い。気にしすぎるのも問題だが、なぜか自分は大丈夫という、妙な自信を持ちすぎている。それでも私には何の被害も及んでいないし、もしもそれで彼らが腹を下《くだ》したり、体調が悪くなったとしても、個人的な問題だが、おばちゃんとしてはやっぱり気になる。いったい彼らは何を考えているのか、私にはよくわからない出来事ばかりなのである。

13 占い

若い頃は占いに興味があったが、最近は当時の十分の一くらいの興味しかない。当時は健康運よりも恋愛運のほうが気になり、雑誌に占いが載っていたら必ずチェックしていたし、年末に発売される、翌年の運勢が載っている雑誌もよく買っていた。

私を書く仕事に導いてくれた友人の編集者は、趣味で個人のデータを集めて占星術をやっていて、現在はプロとして仕事をしている。彼女は私のホロスコープを作ってくれて、私に彼氏ができない理由を、

「恋愛を司《つかさど》る金星に悪い影響を及ぼす土星が、ぴったりくっついていて、どこにも動けないから当たり前ね」

といった。私が、ああ、なるほどとうなずいていると、彼女は続けて、

「恋愛運がいいからって、いいことばかりじゃないから」

と慰めてくれた。男性との出会いが多いということは、それによってトラブルに遭う可能性も高く、必ずしも幸せになれるわけではないのだといった。

「そんなことよりも、幸運の大三角形を持っているのだから、安心しなさい」

ホロスコープは円を十二等分し、その人が生まれたときに運行していた星の配置を記入する。どの星だったか忘れたが、そのうちの三つで正三角形が作られているのだそうだ。

「私が何千人ものデータを持っているなかで、この正三角形がある人は三人だけだったのよ。あの○○さんも△△さんも、持っていないんだからね」

彼女は超有名でベストセラーを次々に出している作家の方々の名前を挙げた。はあ、そうなのかと掌を見ても、正三角形がそこに描かれているわけでもなく、私としては実感はなかった。それ以来、彼女に不満や不安を話しても、

「何いってるの、あなたにはあの幸運の大三角形があるんだから平気よ」

と笑われている。まあ、たしかに運だけはいいと自覚はあるので、ありがたいことである。

私が占いにほとんど興味がなくなったのは、自分の先が見えてきたからだろう。同年輩でも恋愛に興味がある人は、占いの恋愛運が気になるだろうし、お金を増やしたい人は金運が気になる。私はしいていえば、健康運以外には興味がない。それも熱心に占いをチェックしているわけではないので、情報はほとんど持っていないのである。

占いに深い興味を持つのは、将来に対して貪欲な夢や希望を持っている人か、自分で何も決定できない、あるいは決定するのが怖い人なのだと思う。しょせん決めるのは自

分なのだから、占い師の占いを参考にするのはいいけれど、それがすべてになってしまうと、ちょっと違う。占い師に騙されて高額なお金を支払わされたという話をよく聞くが、そこまでのめり込んではだめだし、そういった金額を求める占い師はろくでもないと思う。

そんな私でもずいぶん前に買ったタロットカードは、捨てずに持っている。何か事が起きたときに、この状況はいったいどんなもんかなあと見てみる程度で、それによって自分の行動を考え直すというようなものではない。本来の占い方とは違って、自分なりのやり方でやってみると、どんな結果が出るのかと面白がっている。母親が病気で倒れたとき、二十二枚の大アルカナというカードのうち一枚だけを引いて、そのカードの意味を読むという自分なりのやり方をしてみたら、「女帝」のカードを引いた。各カードの意味が書いてある本の切り抜きを見ると、「母性、包容、豊穣、慈しみ」とあって、ちょっとぎょっとした。また近年、弟との修復しがたいトラブルが発生し、同じような方法で弟を対象にしてカードを引いてみたら、そのたびに「死神」のカードが出た。意味は「破局、離別、損失、絶交、転機、不運な巡り合い」で、

「ああ、やっぱりね」

とつぶやいたりした。

こんな私でも、朝起きてテレビで今日の運勢を放送していると、いちおう自分の星座を観てみる。ほとんど占いを信用していないのに、自分のランクが低いと、面白くないのである。私は家で仕事をしているからいいが、これを観て出勤する人は、せっかく働く気になっているのに、

「今日は最下位」

となったら、テンションが下がるだろう。また自分がいいときには誰かが悪いわけで、この占いは、毎日、テンションが下がる人を作り出しているのだ。

これって本当に当たるのだろうかと、他のテレビ局の占いを観てみると、正反対の結果だったりする。占いなのだから、順位に多少の差はあっても、運のいいときはどの局の占いもよく、悪いときは同じように下位というのが当たり前なのだが、これがまったく違う。占いの方法が違っても、ほぼ結果は一致するはずなのにそうではないのである。

テレビ局四局で放送されている占いが、どれだけ一致するのかを、私の星座、射手座で三十日間調べてみた。生まれ月で占っている局がひとつあり、そこは十二月で判断した。土日の週末の占いをしている局もあったけれども、四局揃う占いが月曜から金曜なので平日に統一した。また順位をつけていない局があったが、金運、恋愛運、仕事運、健康運、それぞれ満点が五ポイントなので、その合計の数によって、私が順位をつけた。

四局とも一致したのはゼロ。三局一致が二回。そのうち一回は三局が二位で、一局が九位と離れていたが、もう一回は三局が四位で一局が五位ととても惜しかった。二局一致のワンペアが十八回、二局ずつ一致したツーペアが一回、四局ばらばらだったのが九回だった。ほぼひと月で、一致がゼロというのは、ちょっと情けない。順位をつけている以上、完全に一致しないと、その日の運勢が当たったとはいえないだろう。一致したとして、それが私の運勢をいい当てていたかどうかは疑問であるが。私の記憶では今までに、

「当たった」

と思った日は一日もなかった。その日のその人の運勢はひとつなのだから、一致しないとおかしい。しかし実際はそうではなかったのだ。

二〇一九年、雑誌などに載っている星占いを見たら、射手座は二〇一八年から続いていた好調が最高潮になる年と書いてあった。一昨年、同じ射手座の男性に会ったら、会社にとてもよく当たる占いをする女性がいて（ちなみに彼女も同じ射手座）、彼女に、

「これから三年間は絶好調ですよ」

といわれたという。

「よかったですね。やっと僕たちは苦難のトンネルから抜け出られるようです」

と彼はほっとした顔で教えてくれた。彼は深い悩みを抱えていたのかもしれない。それはよかったと喜んでいたら、他の占星術ではない占いでは、私の二〇一九年の運気はよくないようだと、その占いで同じ星回りの友だちが教えてくれた。

「私の絶好調はどこへ？」

である。

世の中にある様々なジャンルの占い師の方々は、自分たちの占いが他の占いと一致しないことをどう考えておられるのだろうか。私のホロスコープを作ってくれた友人の占い師は、占いは統計学のひとつだといっていた。ホロスコープは一人にひとつで、それが制作する人によって違うということはありえないので、彼女が作ってくれたものは、私の人生の傾向を示すものとして信じているが、毎日、毎月の運勢に関しては、当たっていても当たっていなくても、どうでもいいと思っている。占い師がそういっているからそうなるのではなく、いつでも自分や周囲の人を含め、悪いほうに向かわないように、自分で気をつければいいだけのことだ。それに最近の私は、テレビで占いの結果を観たとしても、すぐに忘れてしまう。今日、自分は何位だったかも覚えていない。だから私にとってはたいしたことではないのだろう。

しかしこんなに一致度の低いものを延々と続けていていいのだろうかと私は首を傾げ

た。すべて一致していたら、四局がやる必要もなく、一局だけやっていればいいのだけれど。一致度が低いと、ある局の占いの結果が悪かった人が他局の占いを観て、順位が高いと安心するという利点はある。三局がビリでも一局が三位だったら、ちょっと気分もよくなるはずだ。精神的な逃げ場ができるのだ。そうなると視聴者にとっては、占いは一致しなくていいということになる。

占いを気にして観ている人たちは、今日の自分の運勢がいいことを期待している。いつも観ている番組の占いの結果がよくなくても、がっかりする必要はない。結果が一致しないおかげで、他の局の占いを観ると、悪いなりにどれかはましな結果になっているからだ。

「悪い占いは忘れ、複数の占いのなかでいちばんいい占いを信じる」

各局の一致しない占いを調査した結果、きっちりとすべてが当たるよりも、こちらのほうが占いの結果の選択肢が増えて、がっかりする確率が低くなる。様々な方法での占いの結果が一致しないことも同様で、それに対してはちょっと不満だったが、そのほうが精神衛生上よいのだと、私は納得したのである。

14

マイクロプラスチック

以前、ある雑誌でマイクロプラスチックによる海洋汚染のひどさを知って、愕然《がくぜん》とした。考えもなくやっていた私の毎日の行動が、海洋汚染を引き起こしているという現実を知らなかったからである。海洋汚染の話自体は知っていたが、それはマナーの悪い人たちが、ペットボトルやレジ袋、密閉容器などのゴミを川や海に投棄したりするから引き起こされるもので、いちおうマナーを守って暮らしている私には、まったく関係ない問題だと思っていた。

しかし話はそんなに甘いものではなかった。たとえば台所、風呂場、洗面所の掃除をしたり、洗濯をしたりしてもマイクロプラスチック汚染の原因になる。その雑誌を読むまでは、皿を洗うスポンジや排水口のネットを何の疑いもなく使っていた。風呂場では湯船を洗うときにはスポンジ、床は床洗い専用のブラシを使うし、洗面所では掃除のときにメラミンスポンジを便利に使っていた。私は使わないが、ラメ入りの化粧品、スクラブ化粧品のなかにも、マイクロプラスチックが使われているものがあり、それが洗顔のときに流れていく。洗濯物のなかには、ポリエステル、アクリル素材が含まれているものもある。洗剤は環境に負荷がかからないようなものを選んでいたが、それどころではなく、洗濯物の素材に問題があったのである。

私は肌に合わないせいもあって、ポリエステル、アクリル素材はほとんど身につけないものの、タイツはコットン混にしているけれど、ポリエステルは必ず入っている。全自動洗濯機での洗濯、乾燥のしやすさから、合繊素材を身につけている人も多いだろう。ほとんどの人が持っていると思われる、暑いときに涼しい肌着と、寒いときに暖かい肌着も、ポリエステル、アクリル、ポリウレタンなどが主原料になっている。天然素材百パーセントではなく、それらの繊維が複合的に使われている肌着がほとんどだ。肌着は洗濯する回数も多いので、そのたびに微細な繊維くずが流れていき、それは永遠になくならずに海中を浮遊する。想像するととても恐ろしくなってくる。私は肌着には、基本的に綿か絹のものを選んでいるが、縫っている糸は合繊なので、何度も洗濯しているうちに、糸のケバも流れていっていることだろう。

スポンジはセルロースが原料になっているものもあるけれど、多くはプラスチックが原料で、摩耗する過程で目に見えないくずとなって排水口から流れ、それを受け止めるはずの排水口ネットからも、微細なくずが流れ落ちていく。メラミンスポンジは掃除をするには、本当に助かる素材だが、使うたびに消しゴムのように小さくなる。その汚れを削りとったかすが、これもまた排水口から流れていくのだ。

プラスチックと聞くと、硬いものばかりを連想してしまうが、ネットのように柔らかいものがあったり、服のカバーに使われる不織布なども、原材料はプラスチックで布ではない。気をつけて自分の周りのものを見てみると、プラスチック製でないものを探すほうが難しいくらいなのだ。それからは排水口ネットはやめて、新聞紙で生ゴミ入れを作り、細かい目のステンレス製の排水口カバーを購入して、それでしのいでいる。スポンジは買い置きしたものがいくつかあるので、それを使いきったら、セルローススポンジにするか、綿百パーセントの「がら紡」で作られた布巾に替えるか、まだ決めていない。

様々なものから流れ落ちたマイクロプラスチックは、魚などの海の生き物に取り込まれ、それを食べた私たちの体の中に入る。それがうまくすべて排泄されればいいのだが、体内のどこかに残る可能性もある。日本、ロシア、イギリス、イタリア、フィンランドなど、八か国の成人の便を調べたら、全員からマイクロプラスチックが検出されたという。人間の体内は複雑な形をしているし、内臓や脳に溜まったらいったいどうなるのだろうか。人々の生活はプラスチックにまみれているので、それをすべて排除するのはとても難しい。しかし自分たちの意識しなかった行為が海を汚染し、海洋生物に影響を及ぼし、そして結果的にその被害がブーメランのように自分たちに戻ってくるという問題は、考えなくてはならないだろう。

　洗濯物からのマイクロプラスチック汚染を避けるためには、自然素材の衣類を身につけることなのだが、綿はともかく問題は絹やウールである。今度は哺乳類や獣類の命を傷付けるという問題が出てくるのである。私は動物が好きなので、なるべく彼らを傷付けないような生活をしたいと考えていた。実際、長い間、ベジタリアンに近い食生活をし、靴は天然皮革製も履いたが、合成繊維のスニーカー、合成皮革のローファーも履いた。着物は蚕に申し訳ないことをしていて、せめて草履はと、ふだんはラバーソール素材のものを履いている。趣味の三味線も練習用には合皮が張られているものに買い替えたり、自分ができるなかで考えてきたつもりだったが、そうなると今度はマイクロプラスチックの問題が出てきたのである。

　ウールは大丈夫なのではと思っていたら、すべての羊に対してではないと願いたいが、羊への蛆虫《うじむし》の寄生を防ぐために、子羊の臀部《でんぶ》の皮膚と肉を無麻酔で切り取るという、ミュールジングという行為がされていると知り、

「うーむ」

　と考え込んだ。私は小学校の低学年から編み物が好きでずっと続けてきた。羊のバリ

カンでの毛刈りシーンは何度もテレビで観たが、のんびりとした羊から毛糸ができるんだろうなと勝手に考え、毛糸を次から次へと買って、のんきに毛糸を編み続けるのに気が咎めてきた。冬用のセーターも太めの綿糸で編めば何とかなるかもしれないが、防寒という点ではちょっと劣る。毛糸にはアクリル製のものもあるから、それでセーターやカーディガンを編めば、防寒には支障はないのだが、今度はそれを洗ったときに繊維くずが排水口に流れ、マイクロプラスチック問題が出る。

もう私は編み物を続けるとすれば、自分で作る意欲がほとんどわかない、綿糸、麻糸での夏物の編み物をするしかないのだろうかと考えていたら、ノンミュールジングの毛糸が売られている店を、インターネットで二店見つけた。一店は極細、並太の太さの違う二種類しかなく、もう一店は環境にも動物にも負荷をかけていない毛糸を扱っていて、アルパカ混だけど、これらの糸で編めば胸も痛まず、編み物も続けられるということで、とりあえずはほっとした。

若い頃、身の回りから動物性のものを排除しようかと考えたことがあって、当時は日本ではそういう内容の本は少なかったから、つたない英語力で洋書を含めていろいろと本を読んだりしたが、そのときにはまだマイクロプラスチックの問題はいわれていなかった。ヴィーガンと呼ばれる、厳格にそのような生活を守っている人たちは、原料に動物性のものが使われていてもそれを避ける。卵はもちろん出汁《だし》の素などに少量のエキスが使われていてもそれを口にしないのだ。私はそこまでいかなかったが、なるべく肉を食べないで済むのであれば、そうしようと思っていた。しかし私自身が人から押しつけられるのはきらいなので、他人に私の気持ちを押しつけたことはない。

ヴィーガンの人々は、綿、アクリルなどの合繊繊維、合成皮革を買い求め、海外ではヴィーガン仕様の靴も売られていて、日本でもそういったものが増えればいいのにと当時はうらやましかった。しかし動物に負担がかからないようにと合成のものを集めていくと、それを処分する際に、海に生きているものに負担がかかる可能性が高い。自分の身につけている肌着、服をまったく洗濯しない人なんて、ほとんどいないだろう。海の生物を考えると、動物に負担がかかるといった具合で、あちらを立てればこちらが立たず。両方を成り立たせるためには、自分がこの世からいなくなるしかなく、

「いったいどうしたらいいんだ」

と悩んだりもした。

食事にしても、私は特に豪勢な食事を好むタイプではないので、おいしく炊けた御飯と安心して食べられる野菜があれば、それでよかった。ただし会食のときは、出されたものは何でも食べる。これは自分自身の問題なので、周囲に焼き肉が大好きな人がいて、

肉をばんばん食べる生活をしていても何とも思わない。それは個人の自由で、私が口を出したり啓蒙したりするような事柄ではないからだ。

そしてベジタリアンに近い食生活をしていて、十年前に体調を崩してからは、漢方薬局の先生の、

「動物性タンパク質も少しはとらないとだめですよ」

という勧めに従って、鶏肉は毎日、食べるようになった。理由は鶏だったら、自分で捌《さば》けるだろうと思ったからだ。ひと月に一回あるかないかだが、食べたくなったときには豚肉も食べる。よく、感謝していただくというけれど、それで済むのかと自責の念にかられつつ、いただきますとは心の中でいう。生きている牛や豚の動画、写真を見ると、

「かわいい」

と感じるのに、それを食べている私って何だろうかと申し訳なくなる。今も、子羊や子牛のステーキなどとメニューに書いてあると頼めない。

私が生きている限り、周囲にいる人々も含めて、すべてのものに大なり小なり負荷をかけている。それは仕方がないことなのかもしれない。しかし昔からの人間の行動が悪い結果を及ぼし、現在の状況になった。自分の身もいちおう守りつつ、人間、動物、海の生物すべてに負担がかからないような生活は、完全にはできない。しかし何かをする

ときには、ちょっとだけ、こういった事柄を思い出して、自分の行動を振り返りたいと考えている。

15 チケット購入

私は常々、携帯、スマホなどいらん、キャッシュレスも必要ない、現金で支払えばよしとエッセイに書いてきた。テレビCMでキャッシュレスに対抗する、現金主義のキャラクターの名前が「ゼニクレージー」というのもひどい。ゼニクレージーは昔の特撮番組の悪役キャラクターで、当時から金《かね》の亡者《もうじゃ》だったのだが、それがここにきて再登場したわけである。いつの時代にも金の亡者はいるが、現金主義の人と金の亡者はニュアンスが違うはずなのに、それをキャッシュレスに対してゼニクレージーというところが気にくわない。支払いが現金主義の人が金に執着しているような雰囲気を醸し出しているのがいやだ。

先日、もしもこれからうちの老ネコを看取ったら、やりたいことがいろいろあるなあと考えた。お留守番ができない彼女のために、二十年以上我慢していた旅行もしたいし、若い頃のように、アーティストのライブにも行きたい。ロック好きだったので、「ディープ・パープル」「レッド・ツェッペリン」「グランド・ファンク・レイルロード」「ヴァン・ヘイレン」「ロッド・スチュワート」などなど、当時は外タレと呼ばれていた彼らのライブは、時間とお金が許す限り行っていた。

チケットを郵送、あるいはチケット売り場で手渡しで入手すると、絶対なくさないようにと気をつけ、当日、会場に向かう途中でも、バッグをぎゅっと握っているのだからそんなことが起こるわけがないのに、落としていないのを何度も確認したりした。入口でチケットをもぎってもらい、手元に残った半券をとても大事にして、スクラップブックに貼り、その後も何度も見返してはライブの情景を思い出していた。帰りの電車のなかで転んだなあとか、客層がアーティストによって本当に違っていたなあとか、ライブとは直接関係のない事柄も思い出したが、それも含めて自分なりにいい思い出になっている。うちの老ネコにはできるだけ長生きして欲しいけれど、その後の自分の生活の楽しみについて考えていたのである。

そしてつい昨日、時間が自由になったら、まず行きたいと思っているアーティストのチケットは、どこで買えるのだろうかと検索してみて、私はぎょっとした。チケットを確保するのに抽選があるのはやむをえないとしても、第一段階として、スマホがないとチケットが買えない。おまけに顔写真まで登録する必要があったのだ。

たしかに最近はライブに限らず、チケットの転売が問題になっていて、セキュリティを強化しなくてはならない事情もよくわかるが、ライブ会場の入口で、登録した顔写真の認証ができない場合、コピーではない現物の証明書を提示しなくてはならない。私は顔写真つきのＩＤがないので、旅行をする予定がなくても、パスポートを更新してきたが、証明できるＩＤがあってよかったと、その部分のみ胸を撫で下ろした。その他の提示して認められる証明書類のリストを眺めていたら、ライブを見るために、戸籍謄本・抄本や、年金手帳まで見せなくてはならず、担当の人にチケットをもぎってもらい、チケットの半券を記念に取っておいた当時とは、隔世の感があった。

その話をつい、私にスマホを持つ利点を説明してくれる友だちにしたら、

「そうなのよ！　スマホがないとお歳暮ももらえないし、好きなライブにさえ行けないのよ！」

と力を込めて話しはじめた。そのお歳暮云々はどういうことかと聞いたら、昨年末、知り合いから彼女の元にお歳暮が届けられた。紙箱を開けてみると、カードが一枚入っていて、ＱＲコードを読み取るようにと書いてある。そこで彼女が指示されたとおりにすると、お歳暮用の電子カタログの画像が登場し、そこから選んで注文するシステムになっていた。カタログが送られてきて、そこから選んで注文する方式は前からあるけれど、今はそれすらなくなりつつあるのだった。

「そんな時代になっているから、ライブのチケットもスマホが必要なのよ」

まずチケットを販売するサイトに会員登録をして、無事、電子チケットが獲得できると、カードやコンビニなどで支払いをする。

「昔みたいに紙のチケットは送られてこなくて、このスマホがチケットがわりなのよ」

彼女は手にしたスマホを振った。

「へええ、抽選にもれるのは仕方ないけど、購入する権利さえないっていうのは、ちょっと納得できないなあ」

私が嘆くと、そばにいた娘さんも、

「今はまだパソコンや電話で購入できるチケットもありますけど、転売やセキュリティのチェックがもっとうるさくなって、これからはスマホでの取り扱いのみになるんじゃないでしょうか」

という。今の四十代、五十代はスマホを使いこなしているので、彼らが六十代、七十代になっても、問題はないだろう。困っているのは意地を張って自主的に置き去り状態になっている、前期高齢者目前の私である。

「今が最後のチャンスよ。もうちょっと、もうちょっとと先延ばしにして、いざスマホを使おうとしたら、指がぶるぶる震えちゃって、思うように操作できなくなるかもしれないじゃない。まだ指がちゃんと動くうちに、慣れておいたほうがいいわよ」

再び三度《みたび》、彼女にスマホを持つようにと勧められた。

どうしてこんな世の中になってしまったのか。今の世の中はスマホを持っているのが当たり前で、そうではない人は、ポイント還元や物品を購入できる権利を放棄することになっても仕方がない。持っていないあんたが悪いという雰囲気である。私はこれまでスマホを持たなくても不都合は感じなかったけれど、今回のチケットが買えない現実を知ってからは、大企業が仕掛ける兵糧《ひょうろう》攻めに遭った気分になっている。

スマホを持てないのではなく持とうとしない、還暦を過ぎたおばちゃんが好きなのは、演歌ばかりではない。若い人たちと変わらない音楽の趣味を持っているおばちゃんもいるのだ。こういった人間はスマホがないために、行きたいライブにさえ行けないのかと恨み言もいいたくなってくる。

私の周辺で、スマホを持っていないのは私一人である。スマホを勧める友人によると、旅行料金にしても、スマホから購入するほうが、金額が低いという。

「残念だけど、これからはスマホが当たり前になると思うわ」

彼女はじっと私の顔を見た。そして、

「私が買った店は、スタッフ全員がとっても親切で優しかったから、買うんだったらそこを紹介するし、一緒についていってあげる」

といってくれた。

「ただし娘と同じ機種にしてね。私も全部娘にやってもらっているから」

「はい、全部、私が登録してさしあげますので、同じ機種にしてくださいね」

娘さんもそういってくれる。しかし私はスマホを持っていない人間が、やりたいことができないのはどうも納得できない。心にわいてくるのは、

「ひどい」

のひと言である。スマホを持っている人はみな、信用できる人なのだろうか。怪しい人たちもたくさんいるような気がするが。大企業がぐるになって、私たちにうまいことをいってたくさんの物を買わせ、使わせ、個人のデータを搾取しようとしているとしか思えない。しかし、ライブを諦めることができようか。いっそ私がライブに行きたいと考えているアーティスト全員が、引退してくれれば私の気持ちも収まるのだが、向こうにも都合があるだろうからそうもいかない。それともこれまでと同じようにスマホは持たず、当然、ライブには行けず、ブルーレイ・ディスクを購入して我慢するか。

ナビもいらないし、通話もメールもできなくていいし、タクシーが呼べなくても電子マネーが使えなくてもいい。しかしライブのチケットだけは……。私はこれまでになく深く迷いつつ、何か月か前に五十人見かけた、路上でスマホを手にしている中高年の姿

を思い出し、

「あの人たちは全員、基本的にライブのチケットを買える権利を持っていたのだなあ」

と複雑な思いになっている。

16

女子

高齢者が増えていくにつれて、中高年の女性に対する呼び方が迷走している。昔の女性は、女の子から成長すると、おねえさん、おばさん、おばあさんとその年代によって、呼び方が変化していて、それに対して特に文句をいう人もいなかった。しかしある時期から、

「おばさんと呼ばれるのは許せない」

という女性が増えて、そう呼ぶのが憚られるようになった。

私が若い頃には、新聞の事件・事故の報道でそれに関係した女性に関して、「六十歳の老女」と書いてあった。今はそういう書き方はしていないはずである。童謡でも村の渡しの船頭さんは、「今年六十のおじいさん」である。還暦を過ぎたら明らかに老人に片足を突っ込んでいるが、現代は昔に比べてみな精神も肉体も若いので、とてもそうは呼べない。また中高年でアンチエイジング命の女性も多く、断崖絶壁に少しでもふんばって絶対に「老い」を認めようとしない人たちも多い。そういう人たちに、

「おばさん」

と声をかけたら、末代まで祟《たた》られそうな気がする。

私自身はアンチアンチエイジング派なので、歳は取るものなのだから、しょうがない。

「にんげんだもの（©相田みつを）」

と思っている。他人に汚らしい印象を与えるのは論外だが、そうでなければ必要以上に若作りをしなくてもいいという考えだ。中高年女性のアンチエイジング命の方々は、異性を意識するというよりも、同性を意識している人が多いので、他の同性の外見のみをチェックして、同性内におけるランキングを少しでも上げようとしているところが、ちょっと面倒くさいと感じる。しかし他人様の問題というか性格なので、私としては、やりたい人はやればいいし、やりたくない人はやらなければいいと思っている。

私が三十代の半ばくらいだったと思うが、十歳ほど年上の知り合いに紹介された、お友だちの女性がとても素敵な方で、インテリアグッズやアクセサリーなどの展示販売をするとうかがったので行ってみた。作品はどれも素晴らしく、来場している人がとても多くて大混雑だった。平日の日中だったので、来場者は中高年の女性しかおらず、私はそれをエッセイで、おばさんばっかりだったと書いた。すると後日、それを読んだ方から、「自分もその場にいた。おばさんと書くのはやめて欲しい」という手紙が来た。主催者であるお友だちの方は、それについてはまったく気にしておられず、面白く書いてくださってうれしかった、といっていただいたのだが、彼女とは関係のない方が、私に手紙をくれたらしい。

しかしその場にいたのは、見事におばさんだけだったのである。私は当時五十代の女性を、「おばさん」以外に何と呼んだらいいのだろうかと考えた。私自身は「おばさん」に対して、マイナスなイメージは持っていないし、それどころか、

「世の中はおばさんがいなければ、まわっていかない」

くらいに考えていたので、逆に「おばさん」がいやだといわれると困った。その後は「中高年女性」とか、書いたような気がするが、いつも心の中では、

(おばさんなのになあ)

と首を傾げながら書いていた。編集者に聞いたら、

「おばさんは容姿にかまわないイメージがあるんじゃないでしょうかね。そういわれると、自分は違う、きれいにしていると怒るんじゃないでしょうか」

といわれた。

「それじゃ、きれいなおばさんじゃだめなの?」

と聞いたら、「おばさん」という言葉を目にすると、反射的に拒絶反応を起こすのではないかという話だった。しかし不愉快に思う人がいる表現はなるべく避けたいので、

まあ、「中高年女性」でいいかと納得した。文句の手紙も来なくなった。これには拒絶反応はないようだった。おじさんはマイナスイメージはないのに、おばさんにはある。おやじにもちょっとマイナスイメージがある。ちゃんと「おばさん」にはさん付けしているのに、どうしていやがるのかなあと不思議でならなかった。

私の年上の女友だちは性別不明・年齢不詳の外見の人が多く、新婚当時なのに、保険外交員に、

「ぼく、お母さんは」

と聞かれたり、また別の女友だちは、電車内でむずかる幼児をあやしていたら、降り際に父親から、

「優しいお兄ちゃんなんだね、どうもありがとう」

と御礼をいわれた。彼女たちに「おばさん」について聞くと、二人とも、

「さんざん異性に間違われてきたので、性別が一致しているから『おばさん』といわれても平気」

といっていた。老人をシニアといい換えたりしていて、実態は同じなのに表現を変えて立場がましになったと錯覚させる方式が続いているが、「おばさん」はいったいどういい換えたらいいのかわからない。外国人女性は全員マダムと呼んでも、いいんじゃな

いかという気がするが、日本人の中高年女性の場合は、おばさん＝マダムではない。飲食店などで年齢が上の女性の店員さんを呼ぶときに、男性は、

「おねえさん」

と呼んだりしているが、これは一般的にはあてはまらないだろう。

「美魔女」もひどいネーミングで、どうして「魔」の字が使われるのか理解できない。「美魔女」は女性たちからは支持されていないようだ。自分で、

「私は美魔女」

などという女性は少ないだろうし、

「あなたは美魔女ね」

と褒めたくなるような人は数少ない。同性としても、きれいな友だちを「美魔女」とは呼びたくない。素直に素敵といえばいいだけである。

私のようにどっぷりおばさんで、前期高齢者が目前で、おばあさんといわれる可能性がある年齢になってくると、ますます図々しくなってきた。おばあさんになったほうが、もっと楽に暮らせるような気がするので、何といわれても平気だが、四十代だと「おばさん」は心にぐさっとくるのだろう。しかし適切な言葉が見つからず、迷走しまくった結果、彼女たちが選んで便利に使いはじめたのが、「女子」だったのである。

16　女子

　最初に女子会という言葉を使ったのは、十年以上前、ある飲食店のイベント広告でのコピーだったらしい。流行語大賞にも選ばれたそうだ。十代から二十代までは、「女子会」でもまったく問題ないと思うけれど、三十代からはちょっと恥ずかしい気がする。しかし実際はそうではない。四十代から六十代まで使っている。女子とはいえないくらい年齢が上なのに、やはり「女子」は気が引けたのか、「大人女子」などというわけのわからない言葉が出てきたり、近年は「グレイヘア女子会」などという言葉も目にして、

（いったいあんたたちの立ち位置はどこなのだ）

　と呆れてしまった。

　中高年の女性が、同性で集まるときに、平気で「女子会」という神経がわからない。同年輩の男性の集まりは、「男子会」とはいわない。たとえば五十代、六十代の男性たちが、

「今日は、男子会でーす」

　などといったら、多くの人は、

「何いってんだ、この人たち」

　と感じるだろう。私にとっては女性がそういうのも同じ感覚なのだ。たしかに性別は「女」ではあるが「女子」ではない。

「あなたたちの娘がそういうのならまだしも、あなたたちはどこから見ても女子という年齢じゃないだろう」

という人々が、平気で、

「私たち、女子会でーす」

などといっている。そういう姿を見るたびに、彼女たちよりも年上の私は、

(ふん、おばさんの集まりじゃないか)

といいたくなるが、ぐっと我慢している。私も基本的に月に一回、着物が好きな友だちと集まって、着物で昼食を食べているけれど、「ランチ会」と呼んでいる。とてもじゃないけど現実の己を考えると、十二分に大人なのだから、恥ずかしくて「女子会」などとはいえない。参加している友だちもみな同じ考えだと思う。

中高年の集まりなのに、平気で「女子会」といってしまう人たちは、やはり「老」から必死に逃れようとしたいらしい。もしかしたら一人一人は、ちょっと恥ずかしいと感じていても、主導的立場をとる女性が、

「女子会ね」

といいはじめたら、日本人特有の一緒にいれば怖くない、あるいは一緒にやれば図々しくなれるの典型で、「女子会」にまざっているのかもしれない。いずれにせよ、「女子

会」といってしまう中高年女性の集まりは、みっともないとしかいいようがない。

だいたい「女子会」といったって、自分たちが若返るわけではないのである。たしかに女性だけで集まると、中・高校生の頃と同じように話が尽きず、盛り上がるというところは、明らかにかつての若い自分と同じかもしれないが、今は違う。

「私って、昔の、中・高校生だった頃と同じように、まだ無邪気でかわいいところがあるし」

と過ぎ去った若さにしがみついているようで、みじめったらしい。一時期、「大人かわいい」などといった言葉が流行り、今も使っている人がいるが、いつまでも「若い」「かわいい」と思われたい、そしてそういわれるのが大好きな日本人的な発想だろう。

最近は中年の男性でも、自分よりも年上の女性に対して、褒め言葉として「かわいい」とか「若い」というのは失礼だと感じている人も多くなった。自分はそうはいわないと話しているのを耳にした。精神的な大人が増えてきたのに、相変わらずおばさんたちは、人からそういわれるのを求める。いわれなくなった人は、自分からアピールするようになった。それを「女子会」には感じるのだ。たしかに老若男女関係なく、人としてチャーミングなかわいらしさは必要だが、それは若さとは違う。それをわざわざ「女子」とことわるところが恥ずかしい。私にとってはかわいらしくないより恥ずかしい。

「女子会」といって表面的に浮かれているのではなく、素敵な大人の女性とは何かを、これからの中高年女性は考えたほうがいい。

17

母と娘

季節の変わり目などに関係なく、昨今は、日々、気温の上下が激しい。そんな中の初夏のような気温の高い日、私は用事があって電車に乗っていた。座席はすべて埋まり、車内は百パーセントくらいの乗車率だった。すると母と娘らしき二人連れが乗ってきた。娘の年齢が二十代半ばで、母親は五十代のはじめくらいに見受けられた。

娘は白いノースリーブを着て、母親は同色の半袖。二人ともボトムスはケミカルウォッシュのジーンズで、娘のほうには鋲《びょう》がたくさんついている。母娘ともどもアイメイクをしっかりとしていて、彼女たちはすでに夏の雰囲気を醸し出していた。乗ってすぐ、娘のほうが、

「あ、忘れた」

と肩にかけていた大きなピンクのショルダーバッグの中をごそごそと探しはじめた。

「えっ、何?」

母親もバッグの中をのぞき込んでいると、娘はスプレー缶を取り出した。

「家、出るときにやらなかった」

そういいながら娘は、右手にスプレー缶を持ち、露出した両腕めがけて、勢いよく噴射したのである。いったい何を噴射したのかと彼女の手元を見たら、それは日焼け止めだった。電車内なので遠くのほうまでは聞こえなかったが、周囲、二メートルくらいにはスプレーの音が聞こえるし、においも漂ってきた。

（どうしてこんなところで、こんなことをするんだ）

そばにいた私は、噴射された日焼け止めを吸い込むのがいやなので、びっくりしつつも、ゆっくりと五歩ほど退いて避難した。周囲ではシューッという音がしたとたん、スマホから顔を上げてきょろきょろと周囲を見回す人が多くなり、においが漂ってきて何があったのかとにおいがするほうを見る人もいた。そして私や彼らの視線を浴びても母娘は平気な顔をしているのだった。

娘はそんなことなどおかまいなしで、スプレーをバッグの中に戻した。そして髪の毛をまとめ直そうと、結わえていたゴムをはずした。それを見たそばにいた中年男性が、

「ちょっとあなた、こんなところでスプレーなんか使っちゃだめでしょう」

と注意した。周囲の人々も、口には出さないけれども、「そうよ」「そうだよね」という雰囲気になった。しかし当の母娘はちらりと男性のほうを見たが、背を向けて完全に無視。娘は手櫛《てぐし》で髪の毛をとかしたあと、指についた髪の毛を床に払い落として、髪の

毛を結い直した。五歩退避した私と母娘の間に立っていた人たちが、駅で降りてしまったので、私は二人の会話が丸聞こえになった。

娘が顔をしかめ、

「あの人、怖い。どうしてみんながいるところで、あんなことというのかしら」

と小声で怒っている。

「本当よね、人に恥をかかせてどういうつもりなのかしら。最近はあんなふうに変な人がいるからいやよね。また何をいってくるかわからないから、知らんぷりをしていたほうがいいわよ」

母親もそんな調子なので、私はそれを聞きながら、

(変なのは、あんたたちだよ)

と思わず口から出そうになった。

私の目の前の座席に座っていた大学生らしき男性は、上目づかいに母娘の姿を見ていたが、呆れた表情でふうっと息を吐いて、スマホの画面に目を落とした。私は次の駅で降りたので、あとの状況はわからないが、塗るタイプの日焼け止めでもちょっと驚くのに、電車の中で平気でスプレーを噴射する娘と、それに対して叱りもしない母親に、

「今はこんな状況なの?」

と、ただただびっくりし、呆れたのだった。

平成になってからだが、子供が自分の親のことを、「父」「母」ではなく、「お父さん」「お母さん」というのが、当たり前になってしまった。たまに小学生できちんと話せる子がいると、ご両親のきちんとしたしつけが偲《しの》ばれて、

「いい子、いい子」

と抱きしめたくなる。母親と一緒にいて、自分の子供が、他人に「私のお母さん」といっても、

「母でしょ」

と注意する親はほとんどいない。人前で我が子に恥をかかせてはいけないという気持ちもあるのかもしれないけれど、小声で優しく注意すればいいのではないか。「お母さん」と呼ばれた母親は、注意もせずにこにこしている。そういう姿を見るたびに、私は、

「親のしつけがなっとらん」

と怒っていた。どんな偏差値の高い学校に通っていたとしても、そういうところで人としてのマイナス点がつけられるというのも、失われてきたのかもしれない。

アナウンスの訓練を受け、言葉を大事にするはずの女性アナウンサーも、ラジオの番組でフリートークをしているときに、「私のおばあちゃんが……」を連発していた。自

分の尊敬する人であるようだったが、自分の身内に対してそう呼べるのは、どう考えても小学生までだろう。それ以降は本人の自覚の問題だ。高学歴で言葉を仕事にする人でさえ、三十歳近くなってもそのようなもののいい方をする。昔は、

「お里が知れる」

などといったものだが、この言葉も死語になったのだ。

私よりも年上の人たちは、自分の身内に対して、そのようないい方はしなかった。中学校、あるいは小学校しか出ていなかったとしても、「うちの父、母」といい、ふざけたときは、「おとうちゃん、おかあちゃん」などといってはいたが、普通に他人と話す場合は、けじめをつけていた。きちんと常識的な礼儀が備わり、そのように親もちゃんとしつけていたのである。しかし今はそうではなさそうだ。とにかく子供にきらわれたくないし、自分もいうのがいやなので、黙っている。だいたい親のほうに「もののいい方が変」という認識がないのだ。

親だけの問題じゃなくて、昔は周囲の人も子供がよろしくない振る舞いをすると、注意したりもした。私も子供のときに、他人様の家の生け垣をよじ登っていたら、通りすがりの知らないおばさんから、

「そういうことはやっちゃだめ」

と叱られた。親の目が届かないときには、他人が叱ってくれたのである。しかし今は他人が叱ると親がありがたく思うどころか、恨んだりする。私の周囲でも、へたに子供に注意すると、親が文句をいってくるので、見て見ぬふりをしているという話をよく聞く。どこか変だ。

電車内でスプレーを噴射した娘に対して、きちんと「それはいけない」といった男性は、立派である。自分もそういう人にならなければいけないとは思うが、頭の中に浮かんだ言葉が、喉《のど》に詰まって出てこない。そして腹の中でいつまでもぶつぶついっている。毎回、

（それはまずいだろう）

といいたくなる行為をしている人を見ると、何かいわなければと思いつつ、すすっと退散してしまう自分が情けなくなるのである。

18 図書館

先日、いつも見ているアート系のインスタグラムに、近所の図書館にこんなものが導入されたという画像が載っていた。何だろうと見てみたら、そこには職員の手書きらしき大きな文字で、「図書消毒機導入しました」と書いてあった。大きさは一般的な冷蔵庫くらいで、様々なお知らせのパンフレットやフライヤーが置いてある棚の隣に設置してあった。

こんなものがあるのかとびっくりして調べてみたら、私はまったく知らなかったが、この「図書消毒機」については、すでに二年半ほど前に、インターネットで話題になっていたようだ。

三年ほど前に、編集者から、

「最近は絵本の売れ行きがいい」

という話を聞いた。

「絵本でも何でも、本が売れるのはいいことよね」

と返事をしたら、実はその理由が、若い親たちの一部が図書館の本は汚いときらっていて、新しい本を購入するからという話だった。子供を連れて図書館へ行き、興味を持った絵本の書名を控え、通販や書店で新しい本を購入するという。

そのときに「図書館の本は汚い」という感覚を持っている人がいることに驚いたのだが、子供、特に幼い子供については神経質になっているのかもしれないと考えた。しかしそういう考え方の親は、子供が中学生になったら図書館の本を読んでもいいというとはとても思えず、図書館の本は汚いとずっといい続けるような気がするのだ。

某タレントの母親は超潔癖症で、硬貨は汚いからと彼女が子供の頃はお札しか使わせず、ある程度の年齢になったら、母親が洗い消毒した硬貨を使っていたという話を聞いて、私は呆れつつ笑っていたのだが、それが笑い事ではなくなってきたようだ。もしかしたら、キャッシュレスについて若者たちが興味を持つのも、簡便という部分も大きいだろうけれど、お金は誰が触っているかわからないので汚いという感覚も少しはありそうだ。図書館の本が汚いという親たちは、ふだんお金の扱いはどうしているのだろうかと不思議に思う。

絵本が売れていると聞いた話と、インターネットでの図書消毒機の話題を考えると、発売した会社はそれ以前から開発を考えているだろうから、図書館の本は汚いという人がいる話は耳に入っていたのだろう。消費者が欲していないものなど誰も作らない。需要があるから供給するのである。

その図書消毒機は、だいたい幅七十センチ前後、奥行きは五十センチから六十センチ、高さは百四十センチ前後である。価格は六十八万円から八十九万円。本を開いて立てて入れると三十秒から一分で紫外線を使って消毒をする。また本の下から風を送り、ページの間の埃、髪の毛等を除去し、ページの中まで消毒する。消臭殺菌剤も使われ、煙草臭、ペットの臭いも除去するそうだ。ごく一般的な単行本は、二百五十ページほどだろうが、最初から最後まで、隅々のゴミまで除去できるのか、ちょっと不思議ではある。しかし価格を見るととんでもない金額なので、それも可能なのかもしれない。

私は近所の図書館の改装以来、棚にある本ががらっと変わってしまったので借りたいものがなくなり、ここ何年かは利用していないが、その前からおかしな現象があるなとは感じていた。借りる人が多いと思われる、ベストセラー本などは十冊以上購入しているのに、とてもよい内容の本で、当然、図書館にあっていいはずなのに、蔵書を検索してみると一冊も置かれていない著者のものがある。大人気の本だと何百人、何千人待ちという話も聞き、年寄りは生きている間に、順番がまわってこないのではと話したりもした。そのためには、複数冊購入しないと、順番待ちの人数をこなせないのかもしれないし、図書館の利用者数を増やすには、そのような方法も必要なのだろうが、ちょっとおかしい。

図書館には本来、書店では購入できない、地元の資料であるとか、絶版になっているが読んでおきたい本などを主に揃えてもらいたい。しかし蔵書が整理されるとき、最初に棚から消えるのはそういった本ばかりなのだ。もちろん利用者が読みたい本が棚にあるのも重要だけれど、今は文化的な価値がある本を残すというよりも、無料の貸本屋と化しているのが気になっていた。昔の貸本屋には、貸本屋でしか読めない本や漫画があり、私は新刊書店にも行ったが、貸本屋もよく利用していた。そこにはきちんと貸本文化があった。図書館によっては、本に興味を持ってもらいたいと様々なイベントを企画しているが、多くの利用者にとってはそんなものはどうでもよく、図書館はただで本が借りられ、新聞が読め、そして寝られる場所としか思われていないのではないだろうか。図書館文化はどうなっていくのかと心配になってくる。

だいたい図書館の本は多くの人が手にするという状況は、誰でもわかっている。それがいやだったら、図書館の新着情報をチェックして、最初に借りるしかないだろう。私の経験だと、図書館よりも学校の図書室の本のほうが、汚れの度合いはひどかった。なかにはページを開いてぎょっとするものもあった。そういうときは本を読むのはやめて、

図書室の先生に、

「この本のここのページが汚れています」

と告げて戻した。それでも一冊か二冊だった。

たとえば髪の毛が一本入っていても、自分もこれまで借りて読んだ本のなかに、気がつかない間に入っていたかもと、それほど気にはしなかった。ミステリーが好きな人は、最初のほうに犯人の名前が暴露してあって、憤慨したという話はよく聞くが、私はミステリーはほとんど読まなかったので、そういった被害には遭わなかった。社会人になって公共の図書館を利用するようになると、結構、冊数は借りたけれども、本の汚れが気になるものはなかった。ただ、自分の本ではないのに、やたらと書き込みをしてある本はよくあり、借りた人の神経を疑ったりはした。

図書館の本は自分とは感覚の違う人が手に取る。基本的に「借りている」という意識があれば、それなりにきれいに読もうとするはずなのだが、残念ながら利用者全員がそうではない。ごく普通の範囲だと私が感じても、それを汚く感じる人もいるだろう。何であっても、ものを借りるのは、ある程度寛容でないと借りられない。それができないのであれば、自腹を切ってそのものを買えばいいだけだ。

ただでさえ本は埃を呼ぶし、図書館には多くの人が出入りする。度を超えた清潔さを、そういった場所に求めすぎるのもどうかと思う。私は棚にある古い本を借りることが多いのだが、どこの図書館でも、本の上や棚の隅に埃が溜まっていた記憶はない。係の方がちゃんと清掃しているからだろう。本の汚れの問題は借りた人の感覚の問題であり、それが気持ちが悪いというのであれば、借りないことだ。自分が満足できる状態の本を無料で読みたい。それを叶えてくれるのが、図書館側が利用者に対して行うべきサービスだと思っているのはちょっと違うと思うのだ。

調べてみたら都内でもいくつか図書消毒機が導入されていた。据え置き型ではなくコンパクトな卓上型もあるようで、そちらは価格が下がるだろうが、どちらにせよ高額商品である。図書館はなぜそれらを導入しようとしたのだろうか。図書館側のコメントとして、

「消毒機を使うことで、図書館の本を大切にしようとする気持ちをはぐくむ」

とあったが、本当にそうなのだろうか。消毒機を使ったら、子供たちはそんなふうに感じるのだろうか。それよりも借りた本をどのように扱ったらいいのかを、親と共に考えてもらうのが本筋ではないのか。

最近は多くの人はそう思っていないのに、少数のクレーマーに対して、文句をいわれた側が、きちんと対応しようとしない。毅然とした態度がとれず、自分たちが文句をい

われるのがいやなので、過剰とも思える反応に対して容認してしまう。たしかに図書館の人が、

「不潔だというのなら、自分のお金で買ってお読みください」

とはいえないだろうし、クレーマーは、

「公共の施設なのに、利用者の希望を取り入れないのはおかしい」

と食い下がってくるだろう。その結果が、図書消毒機だったとしたら、大胆な税金の使い方である。卓上型といっても安くはないはずだ。そんな機械に税金を何十万も支払うのであれば、個人的には、読みたいけれども価格が高くて手が出せない本、たとえば写真集、個人全集などを、図書館には購入していただきたい。いちばん問題なのは、図書館の本を借りる我々の意識なのだけれども、借りた本を平気で汚す人、極端な清潔主義の人、様々な思惑が働く図書館の三者のおかげで、まっとうな利用者は、

「ふーん」

としかいえない。しかしこれからは、こういう機械が普及するのだろうなと、私はため息が出てきたのである。

19 トランプ大統領

私は相撲が好きではないし、現在、横綱が何人いるかも知らない。しかし安倍首相が勧めたからとはいえトランプ米大統領が、枡席《ますせき》に椅子を並べてそこで観るというニュースを聴いて、

「はあ？」

と思った。どうしてそこまでしなくてはならないのか、その理由がわからない。いくら令和《れいわ》最初の国賓で、首相と「お友だち」だからといって、相撲観戦の形を崩してまで、観てもらう必要はないはずなのだ。

彼は私が好ましく感じるタイプの人ではない。私は英語がよくわからないが、彼が母国で演説している姿を観ると、仕草や話し方の感じが悪く印象がよくない。他にもツイッターであれやこれやと、ぎょっとするようなことをいうのも気にくわないが、就任以来、彼がついた嘘の数を数えている人たちもいるそうで、傍《はた》で見ている分には面白い。しかしノーベル平和賞に彼を推薦したり、待機児童問題や高齢者問題が山積しているというのに、巨額を投じてアメリカの戦闘機を百数十機も買う予定らしい我が国の政治家

が、腰巾着《こしぎんちゃく》みたいにくっついているとなったら、面白いといっているわけにはいかないのである。来日当日の朝と翌日の夕方、ふだんはまったく聞こえないヘリコプターの爆音が何度も聞こえて、うるさくて本当に迷惑だった。

しかし大相撲を近くで観たいという話には呆れた。観たいのなら貴賓席に座ればいいのである。こちらにはこちらの決めた事柄があるのだから、それに従うのが人としての礼儀だろう。国賓が座るのにふさわしい、そういった場所があるのに、先方がゴリ押ししたか、日本側がへこへこして、

「それでは枡席に椅子を設置しますので、そちらにお座りになっていただいて」

と提案したのかはわからないが、いったい何を考えているんだといいたくなるような状態だった。大統領はプロレス好きで体も大きくて立派なので、いっそのこと砂被《すなかぶ》りに座っていただき、力士が膝の上に落ちてくるかもしれない、どきどき感を味わっていただいたらいいのにとも思った。

といっても私はニュースで彼の姿を観ただけなのだが、近い場所で観たいといったわりには、取組に喜んでいるふうでもなかった。それならば貴賓席に座って観たって同じだったろう。彼についてはああいう人なので、どうなるものではないし、母国の方々が今後、彼をまた国の長とするかどうかの問題なので、私がとやかくいう問題ではない。

なかには彼がいないと困る人たちもいるのだろう。

他国の長のことをとやかくいえるのかと、彼の支持者に問われたら、

「どうもすいません」

というしかない。この原稿を書いている時点では、一・七ポイント上昇して、内閣支持率が五十九・一パーセントになったらしいが、私の周辺では、総理大臣を支持している人が皆無なのである。三十人くらいに聞いてゼロ。支持率が上がったというニュースを聞いては、

「どこにそれだけの支持者がいるのか」

といつも首を傾げている。同じくトランプ大統領に関しても、周辺で彼を支持するという人に会ったことがない。

ところが国技館に大統領が登場したら、歓声が上がって多くの人が立ち上がって、みな揃いも揃って両手でスマホを斜め上に掲げ、彼の姿を撮影しはじめたのである。大統領の人格がどうのこうのという問題よりも、私はそちらのほうに驚いた。そして、

「みんな、彼のことが好きなのね」

と思うしかなかった。私があの場所にいて、かつスマホ、デジタルカメラを持っていたとして、オバマ前大統領が登場したら、もしかしたら写真を撮ったかもしれない。ま

あ撮らない可能性のほうが高いだろう。しかし現大統領の写真は撮らない。自分の好きでもない人なんか撮影したくないし、スマホやカメラのなかにも画像を残したくない。だけどあの場所にいた人々は、歓声を上げながら彼の写真を撮っていた。きっときらいじゃないのである。もちろんそうしなかった人も多かっただろうが、私の想像よりもずっと多くの人たちが、彼を撮影していたので本当に驚いた。

特に土俵近くの席で見ている人たちは、私と同年配か上の人が多い。渋谷でわーっと騒いでいるような若いお兄ちゃん、お姉ちゃんたちではない。なのに尊敬するべきところがあまり見当たらない人に対して、ああいう態度をとれることに、正直いって、

「いったい何を考えているのだろうか」

と呆れてしまった。あの大歓迎の様子は私にはちょっと異様だった。結局、年長者であっても、渋谷のお兄ちゃん、お姉ちゃんたちと同じで、みんなと一緒にわーっと騒げればいいのだ。

あの写真を撮った人たちのなかには、彼の支持者もいるのかもしれないが、多くの年配者は彼のメキシコに対する発言とか、差別発言とか、政治と商売をつなげることとか、はっきり調べもしないで軽々しくツイッターに書くこととか、そういう問題に関しては知っているだろうし、それに対しては、否定的な考えを持っていたと思う。しかしあの

ような状況になったら、わーっと喜んで手を伸ばしてスマホで写真を撮ってしまう。彼らは何も考えておらず、家に帰って子供や孫に、

「ほら、これがトランプ大統領だよ」

と画像を見せたりするのだろう。

それがいったい何になるのか。あまりにばかばかしすぎる。私にはそういう気持ちは理解できない。きっと自分の気持ちを態度で示して立ち上がらなかった人々もいるはずだが、あまりに大勢の人が立ち上がったために、ニュース映像ではそういう人は見受けられなかった。もちろん大統領はお客様ではあるので、迎える側が無礼な振る舞いをする必要はないが、好きでもないのに過剰に騒ぐのもどうかと思う。沿道で国旗を振っている人たちを見て、

「本当に好きなんだろうな」

と考えるしかない。でも彼らにたずねて、支持者やファンだというのなら納得できるが、

「いや、別に好きではない」

というのではないか。周囲の人たちが立って写真を撮りはじめたから、自分もと撮影しただけなのではないか。私はそういう人たちがきらいである。私としては観客がもうちょっと冷ややかに彼を迎えるのかと予想していたのだが、実際は違っていた。

彼はイギリスに国賓として迎えられたそうだが、前に渡英したときにはエリザベス女王に謁見《えっけん》する際に遅刻したり、数々のマナー違反をしたらしい。またイギリスの一部の人たちは反トランプのプラカードを掲げて訴えていた。そのニュースを観ていて、もしかしたら日本にもそういう人たちがいたかもしれないのに、それをニュースで流さなかったとしたら問題であると思った。イギリスにおける反トランプの彼らの姿を、イギリスの放送局が流したのか流さなかったのかはわからないが、少なくとも自分の気持ちを伝えようとする現地の人はやはり大人である。歓声を上げながらスマホで写真を撮っている人たちとはずいぶん違う。

今の日本はこうなっているのかと、がっかりした国技館での光景のなかで、はじめて知った、優勝した朝乃山《あさのやま》の愛らしい姿が、唯一の救いだった。彼にはこれからもがんばっていただきたい。

20

不倫

先日、俳優が不倫をしたとかで、謝罪会見をしているのをテレビで観た。複数のファンの女性に連絡を取り、家族も乗る自分の車の中で関係を持っていたのだという。

「全部、ものすごい近場でやってたのね」

と妙に感心してしまった。しかし彼が神妙な顔で何度も頭を下げ、レポーターから性欲は強いのかと聞かれて、真顔で「はい」と返事をした件では噴き出しそうになった。たしかにやったことはいけないことで、家族、仕事関係者に詫びる必要はあるけれど、私を含めた一般人に謝る必要なんかあるのだろうか。ましてや公衆の面前で「性欲が強い」と肯定させられるのも、私は笑ってしまったけれど、ちょっとどうなのといいたくなった。

何年か前にホテルで密会したのがばれてしまった俳優が、そのホテルのポイントカードを使っていたらしく、けちくさいとか、みみっちいとかいわれているのも、インターネットニュースで観た。たまたまその二人がパンツをかぶって、大晦日のバラエティ番組で共演していたのを思い出し、

「今年の年末に、二人でできるネタが増えたじゃないか」

と励ましたくなった。二枚目俳優でも、生き残る道はいろいろとあるのである。

私の記憶のなかで、いちばん古い不倫謝罪会見は、某有名一族の娘と結婚した俳優だった。露出の多いお仕事の美人女優との不倫が発覚し、たしか妻が同席した会見で、公開処刑のようだった。妻の実家への配慮で、そうせざるをえなかったのだろうが、不倫をするといろいろと後始末が大変そうだった。一方で、あの女優さんとだったら、男性は浮気してしまうかもとも思った。

不倫は契約、約束違反であり、私のなかでは絶対にしてはいけない事柄なのだが、それは夫婦の間で決めることだ。夫婦のどちらかが不倫をしたとしても、夫婦関係を続ける人たちもいるだろう。それはそれでいいわけで、他人があれこれいう問題ではない。週刊誌はネタが欲しいから情報を収集して、有名人の不倫ネタを記事にするわけだが、私も四十年近く仕事をしていると、出版関係者の様々な話が耳に入ってきていた。不倫の話もあったし、その結果、相手の女性に対してひどい扱いをする男性たちの話も聞いた。そんな社員たちのいる版元が、他人様の不倫をネタにできるんですかねとは思っていたが、版元の仕事の方針には口を出せないので、耳にした噂話を軽々しく他人にはいわないという自分なりのきまりを作り、

「ふーん」

と遠くから眺めていただけだった。

私がまだ三十代の頃、担当編集者の知人男性が、雨の日の夜、追突事故を起こしてしまった。相手の車の後部がへこんでしまい、すべて自分が悪いと思って、彼はあわてて車を降り、運転していた男性と助手席にいた女性に向かって平身低頭して謝った。

「できるだけの弁償はさせてもらいます」

というと、男性は車を降りて後部を確認して、

「あっ、平気、平気」

という。しかし平気といえるようなへこみではなかったので、

「いや、これはちょっと……。これから警察を呼びますので、よろしかったらお名刺をいただけませんか」

というと、急にその男女はあたふたして落ち着きがなくなり、彼が弁償するといっているのにもかかわらず、

「平気、平気だから」

を連発して、それではさようなら〜といった感じで、急いで車に乗って走り去った。

当時はドライブレコーダーなどなく、置き去りになった、いってみれば加害者の彼は、

呆然としてその場に立ち尽くしてしまったのだそうだ。そしてこのまま帰るのもよくないと考え、車を運転して近くの交番に行って事情を説明すると、

「ふーん、訳ありかな。最近、よくあるんだよ」

と警官にいわれたという。

私にその話を教えてくれた編集者は、

「どうやら不倫だったらしいんですよ、その二人」

といった。私はそれで、ああ、なるほどと納得した。あれこれ身元がばれたり女性との関係が知られるとまずかったのだろう。私は面白いもんだなあと思いながら話を聞いていたのだが、以降、不倫は当たり前のように耳に入ってくるようになった。

そして男性、独身女性だけではなく、既婚女性も不倫をするようになってきた。私はもともと周囲の人の恋愛に関して、まったくといっていいほど興味がない。誰と誰が付き合っているという噂話も、話されたら、へえといって聞いているけれど、私のほうから積極的に、

「彼氏いるの？　誰と付き合ってるの？」

と聞いたことは一度もない。どんな生き物を飼っているかはとても興味はあるが、恋愛には興味がないのである。

積極的に恋愛情報を収集していないのにもかかわらず、私の耳に入ってきたこれまでの女性の不倫情報を総合すると、彼女たちの多くは夫との離婚話は出ていないものの、関係はあまりうまくいっていない。そこへ夫の浮気疑惑、証拠のある間違いのない浮気が発覚し、問い詰めても夫は認めずに、のらりくらりといい逃れをしようとする。それで怒りが爆発して別の男性と、という場合が多いようだった。母となっても、別の男性と交際するという気持ちがあるのだなあと、私は不思議な気持ちになった。昔の多くの女性のように、結婚したら女ではなくて、母にならなくてはならないといった状況もよくないし、他にもストレスを発散するものがたくさんあるけれど、その対象が男性になってしまう人もいるだろうし、夫に対するいやがらせという面もあるのだろう。

(あなたは知らないけど、私だって男の人とデートしたんだから)

と見返したつもりなのかもしれないが、やり方としてはみっともない。

私としては、夫に対してそんなに不満があり、いくら相手に怒りをぶつけても、のらりくらりとかわされて話にならないというのであれば、子供もそれなりに育ち上がっているんだから、離婚すればいいのにと思うのだが、彼女たちは絶対といっていいほど離婚しない。本当にいやだとなったら、女性はあれこれ考えず、まず離婚するはずなのだ。それができないのは、特殊な状況でマインドコントロールされているか、結婚していることによって、自分にメリットがあるからだろう。

たとえば自分の収入だけでは住めないような家に住めるとか、どんなに家の中が荒れていても、傍目《はため》には○○の妻としていられるとか、世間体が気になるとか。私が得た情報の人たちは、夫からのマインドコントロールはまったく関係なく、ただぶつぶつと夫への不満をいっているだけだった。夫婦のことは夫婦にしかわからないので、他人が口を出す問題ではないが、「不倫をするくらいなら離婚しろ」である。安全牌《パイ》を持っておいてルール違反を犯すのは、人としてどうなのだろう。一人で身軽になったほうがずっとせいせいするし、独身者だったら自分の好きなように恋愛できるではないか。

不倫はしちゃだめでしょう、と不倫経験者の男性に話したら、彼には、

「でもやっちゃいけないことをしていると思うと、どきどきして余計に燃えるんですよね」

といわれた。私は、

「はああ？」

というしかない。自分にあてはめて、そんな経験があったかと思い出してみたら、負けた人がみんなの食事代を支払うルールの麻雀をしたときくらいだろうか。あのときは本当にどきどきした。私は独身なので、いくら負けても支払いが自分にふりかかってくるだけだが、不倫はそうはいかない。特に子供がいた場合は相当、まずい。しかし親が

子供に対して信頼をどう回復するかは、家族内の問題であり、他人が口を挟めないのだ。

何年か前にダブル不倫をした女優がいて、その相手が彼女のパンツをかぶったという話を聞いて、大笑いしてしまったのだが、どうせならこのような笑える話にして欲しい。当の男性がパンツを頭にかぶるのかも謎だ。パンツがいけないことをしている男女の境界線になっているからだろうか。よゐこの濱口優が、苦難の果てに無人島で魚を「獲ったどーっ」と叫んでいるのと同じように、彼らもやっと「取ったどーっ」という気分になっているのだろうか。ダブル不倫の彼は奥さんのパンツもかぶったのかなと知りたくなった。不倫している二人のなかで、いろいろなお楽しみがあるのだろうが、それが外に漏れ出てしまうのは、気の毒といえば気の毒ではあるが、とっても恥ずかしい。

不倫は本当に個人的な問題で、周辺の人以外には何の関係もない出来事だ。それは芸能人でも同じだろう。なのになぜ会見を開く必要があるのか。私は有名人の不倫のニュースを聴いても、

「ああ、そうですか」

という反応しかなく、そこにパンツをかぶったというような笑えるネタがあったら笑う。それでいいのではないか。本人が我々に頭を下げる必要はない。以前に私が見た公開処刑的な思惑があるのなら別だが、双方、何の得にも損にもならない。不倫謝罪会見

に時間を割くとテレビ局は何か得なことが起こるのだろうか。それを必要としている人って誰なのだろう。局側もそんな個人的な問題よりも、社会的に重要性のあるニュースを報じていただきたいものだ。

21 オリンピック

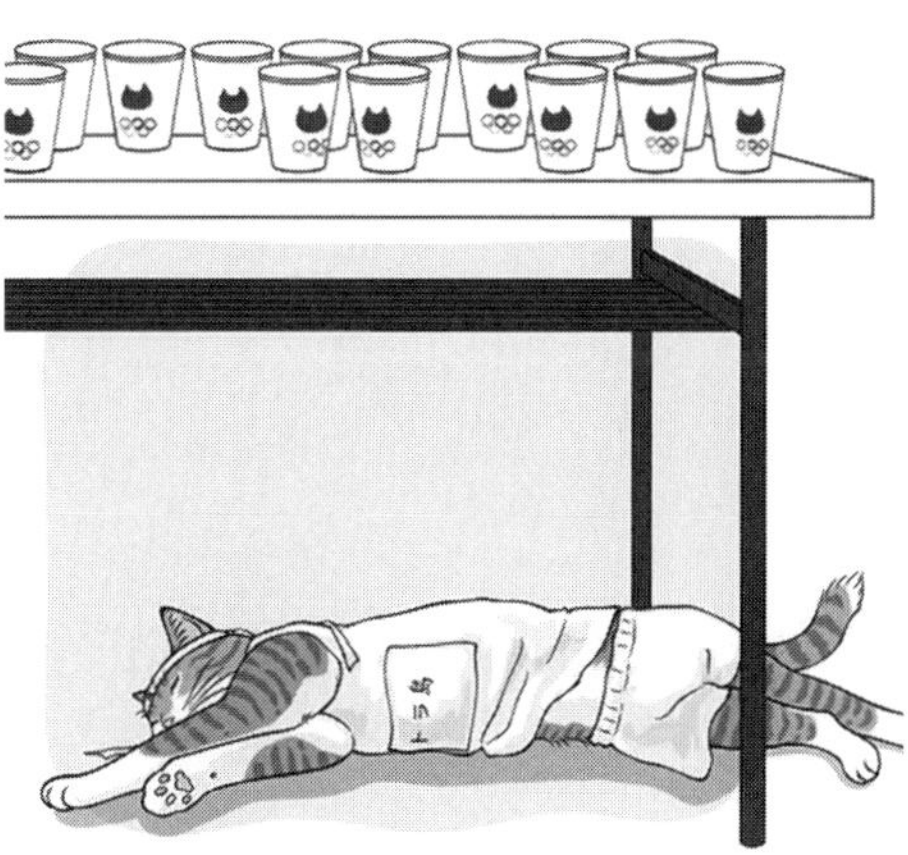

私はスポーツを観るのが好きなので、陸上競技、球技、もちろん世界陸上やオリンピック中継も観ている。時間帯が合わずに深夜の放送になるときには、録画して翌日観る。しかし二〇二〇年の東京オリンピック・パラリンピックにはどうも賛成できない。アスリートの方々のためには、開催はとてもよいことだと思うけれども、多くの人もいっている、

「どうして最悪の湿気と暑さに見舞われると予想される、七月二十四日から八月九日、八月二十五日から九月六日の間にやらなくてはならないのか」

である。

だいたい昨今の日本では、五月でも気温が上がると、熱中症に注意といわれているのである。それを屈強な世界的アスリートが揃うとはいえ、条件が悪い時季に競技をさせていいのかと心配になる。

そんな話を編集者としていたら、

「アスリートは様々な状況で試合をしているし、鍛えているからまだいいのですが、そ

れに帯同している各国のスタッフや、ボランティアの人たちが大変だと思いますよ」

といわれて、なるほどと納得した。

最悪の時季の開催になった理由は、親玉の国のスポーツ放送の都合で、目立ったスポーツの放送がない時季だかららしいのだが、どうして日本で開催するのに、いちばんスポーツに最適な時季に行えないのか不思議でならない。また当初はロンドンオリンピック・パラリンピックよりもコンパクトで経費がかからないようにするといっていたのに、どんどん経費がふくれあがってえらいことになっている。こちらは、

「そんな話、聞いてません」

である。

それだけのお金があったら、どれだけ特養老人ホームや保育所が建てられるだろう。だいたい誘致のときも、我が国の長は、福島の原発がコントロール下にあるといったり、令和になったら、モリカケ問題なんてなかったようになっていたり、美しい国、日本といっているのにもかかわらず、その日本の伝統の相撲の桟敷に、椅子を持ち込むような、言行不一致で日本の伝統を大事にしない人なので、こういう人間がここ何年か、国の長になっているのがまずいのだろう。

組織委員会会長も問題が多い。以前、聴取率がいいのに、現政権に批判的だった放送

が影響したのか、急に打ち切りになってしまったラジオ番組に、彼が出演していたのを聴いていたら、キャスターがちょっと突っ込んだ質問をすると、突然、怒り出した。彼にとって影響のない質問には普通にこたえているのに、ちょっと突っ込まれると怒り出すというのを繰り返していた。キャスターの態度は無礼でもなかったし、国民の代表として疑問点を聞きたいだけだったのに、痛いところを突かれたのだろう。大人として、いちおう政権を担っていた経験がある立場として、きちんと説明をしようとしない。自分の痛いところを突かれるとすぐに怒り、そうやって相手を黙らせようとする見苦しい対応を聴いていて、

「こいつはだめだ」

と呆れたのだが、いつの間にか会長に納まっていた。

どうしてそんな人事になるのか理解できない。パワハラ体質の本人にも問題があるが、そういう人間を任命した国の長にも責任がある。パワハラ体質の人や、老後に二千万円必要と金融庁からのデータが出たのに、批判されるとそのデータを受け取らないとわけのわからない答弁をして、ないことにするような人を自分の周囲において重用する。みんなとてもみっともないと感じるのだけれど、改善されないところをみると、国の長の性格のなかにも彼らとの共通点があるので、変だと思わないのかもしれない。世界的な

流れとして、トランプが登場したり、私の周囲では誰も支持していないのに、ずっと国の長であり続けている彼も、後年になって考えると、いいか悪いかは別にして、今は彼らは必然でそのポジションにいるのだろう。

迷惑なのは国民である。酷暑の東京オリンピック・パラリンピック開催を素直に喜んでいる人もいるだろうが、私の周囲の人たちは、アスリートに対して何の恨みもないし、応援したいけれど、開催時季に賛成している人はいない。特に新国立競技場のそばに住んでいる友だちは、

「オリンピックの期間中は外に出られないんじゃないかしら。家で籠城《ろうじょう》してるしかないかもしれない」

といっている。そして二〇一九年の十連休は、

「もしかしたらこれで、オリンピックがどうなるかって様子を見たんじゃないの」

といっていた。

私は十連休は何も関係がなかったが、テレビで観た幼い子供連れの母親たちは、ちょっと怒っていて、もうこんな長い休みはいらないといっていた。公園、家、公園を何度往復したかわからず、チェーン店ではない飲食店もとても困ったらしい。正直にやっている店ほど、食材が入らなくてやむをえず休業したり、形だけでも店を開けたり

と、どちらにせよ売り上げ的にはダメージを受けたという。まあこの場合は、天皇の御代替わりという特殊な事情だから仕方がないといえば仕方がないのだけれど、さすがに自由がきかない十日間は、ある人たちにとっては死活問題だっただろう。

それに比べてオリンピックは娯楽であるけれど、日本人だって辛いと思っている夏場に、海外アスリートや役員の方々に来日してもらうのは、おもてなしではなく、ほとんどいじめに近いと思う。すべて裏で巨額のお金が動くから、無理を押して酷暑の開催を決めたのだろう。東京オリンピック・パラリンピックの誘致に尽力したアスリートの方々は、無駄金を使って設備を強化し、その国独自ではなく、親玉の国の一存で、期間や時間帯が決められるという、こういった現状をどう考えているのか知りたい。何かいいたくても委員会のほうから禁じられている可能性が高そうだ。

チケットの購入もとても大変だったようだが、私の周囲では誰もエントリーしなかったので、当然、当たった人もいなかった。人気の競技は価格が高く、当たって欲しいけれども一括の支払いを考えると当たって欲しくないとか、複雑な思いが交錯したらしい。テレビで若い男性が、バスケットボールの3×3の決勝戦のチケットが当たったといっていたが、競技の終了時間が午後十一時半くらいになっているそうである。彼は、

「帰りの電車がないと思うので、ちょっと困ります」

といっていた。自宅の途中までは電車で行けるかもしれないけれど、それから先、終電がすぎてしまったらタクシーで帰れということなのだろうか。それとも電車やバスを終日運転させるのだろうか。きっとそれも親玉の都合に合わせて決勝戦をその時間帯に合わせたからに違いない。

「東京オリンピックの観たい競技の決勝戦が観られるのだから、家に帰れないくらい我慢しろ」

ということなのだろうか。

また、オリンピックで銀、銅のメダル、ワールドカップで金メダルを獲得した選手が、三百八十万円分のチケットにエントリーしていたが、すべて落選してしまった様子をテレビで観た。私は過去のオリンピックで活躍、貢献した人に対して、一般人と同じ扱いをしているのに驚いた。それだけメダル獲得に貢献したのだから、彼が観たい競技の特等席の一枚や二枚、あげたっていいじゃないかといいたくなった。それなのに旅行会社のオリンピック・パラリンピック観戦ツアーがあるのは、事前にその会社にはチケットをまわすわけで、これは不公平なのではないか。不思議である。

大阪でのG20にしても、高速道路が閉鎖されたり、鉄道、運送のルートが断たれたりして、困った人も多くいたと聞いた。四月、五月の十連休と同じように、飲食店の経営者は迷惑を被《こうむ》ったのではないかと思う。東京でもコインロッカーが使用停止になって、困った人が多かったようだ。各国の首脳が集まるため、何かあったら大変なのはわかるけれども、国民にそれほどの不便を強いるのは、いったいどうなのと首を傾げる。大阪市の公立の小、中学校に通学している子供たちは、学校が休みになってうれしかったかもしれないが。だいたい学校まで休みにして、大阪でやる必要はあったのだろうか。もっと別の場所でふさわしい所があったのではないかと思うが、そこでやらなければならない目論みがあったのだろう。しかし二十人のうちの一人ではなく、目立ちたいトランプ大統領は、その直後にツイッターで発信した、まさかというような米朝首脳対談を実現してみせた。私は彼がきらいだが、我が国の長よりも一枚、二枚どころか、十枚も二十枚も上手《うわて》なのはよくわかった。

我が国が国民に我慢をさせ、無理強いをしているような気がしてならないのは、今の日本がそういう器ではないからだ。外に目を向けてアピールするより、内側に目を向けて充実を図る時期だと思う。機が熟していないのに無理をしてがんばっても、体力がないのだから、いい結果は出せそうもない。内面《うちづら》が悪く外面《そとづら》がいい見栄っ張りの父親がいると、家族はとても迷惑なものなのだ。

東京オリンピック・パラリンピックのあと、そのためにあちらこちらにゆがみが出ている日本は、いったいどうなるのだろう。被災地から聖火リレーがはじまるといっても、私は被災地をオリンピックに利用しているだけではないかと感じる。東京オリンピック・パラリンピックについては、今からでもあの時季の開催はやめて欲しいと思っているが、開催されたらきっと競技を録画して観るに違いないところが、とても悔しい。そして残念ながら開催されるのであれば、こうなると農家の方々に心労をおかけして心苦しいのだが、開催中のみ近年稀にみる冷夏になって欲しいと願うばかりである。

22 乳首

先日の朝、起きてテレビを点《つ》けたら、男性の乳首問題が放送されていた。薄着になり男性が着ているTシャツやYシャツの胸のところに、乳首の形の盛り上がりが見えるのが、とてもいやだという女性たちがいるというのだ。街頭でインタビューされていた女性たちは、「あれはいや」「気持ちが悪い」「変」「恥ずかしい」などと勝手なことをいっていて、私は、

「はあア？」

とちょっとむかついた。

私が若い頃にTシャツは大流行して、若者のほとんどはTシャツを着ていたが、男性の乳首問題なんて、これっぽっちも出なかった。女性の場合はウーマンリブでのノーブラ問題があったので、同性としてはそれは見過ごせないテーマだったが、男性の乳首に関しては考えたこともなかった。女性も話題にしなかったし、もちろん男性から話を聞いたこともなかった。つまりまったく気にするような話ではなかったのだ。それなのに最近の若い女性たちが、変だとかみっともないだとか、

「ふざけたことをいうな」

と怒りたくなったのである。

そんなに他人の些末《さまつ》なことをいえるほど、あなた様は完璧な姿でいつも外出なさっているのですかといいたくなる。街頭アンケートの結果では、気にならないという女性のほうが多かったのだけれど、男性の乳首の形がわかるのがいやという女性は四割弱いた。年齢が上の女性よりも、若いほうが嫌悪感を持つ人が多かった。街頭で同じ話題について若い男性に聞いてみると、気になるといっている人が多く、それを防ぐために、乳首に絆創膏《ばんそうこう》を貼っていたのだが、それにかぶれて痛くて辛かったという人もいて、口には出さないけれど、陰で彼らは涙ぐましい努力をしていたのだった。

女性の場合は、ニプレスやヌーブラなどがあるけれど、こんなに話題になっているので、男性用のものなんてあるのかとインターネットで検索してみたら、ちゃんとあった。医療用素材で作られた、ランニング、サイクリングなどのスポーツをする人用のものだった。これだったら納得できる。スポーツウェアで擦《こす》れるだろうし、体へのダメージを防ぐためにも必要だろう。そういった商品が乳首問題を気にする男性たちにも流用されているようだ。しかしスポーツをするわけでもない街中で、それが必要なのだろうか。だいたいTシャツは肌着というか下着なのだから、直接素肌に着ても問題ないはずだ。

女性の場合もどう着ようと自由だが、私は女性がノーブラで下着なしでTシャツを着るのならば、形状があらわにならないように工夫したほうが、見苦しくないとは思う。

一時、女装家ではなく、趣味でブラジャーをするブラ男が話題になったけれど、最近は彼らの消息について聞かなくなった。そういう人であれば、下にきちんと下着を着けているので、乳首問題は出ない。しかしその男性がブラ男であると知ったら、また若い女性たちは、「信じられない」「やだー」などといって、ぎゃあぎゃあ騒ぎ立てるのだろう。乳首が見えても見えなくても、ああだこうだという。本当に面倒くさい。

私が若い頃、仲よくなった男性が、

「なぜ男性に乳首があるのか」

について、真面目に話してくれたことがある。彼がいうには、まず女というものが発生し、そこから男が分かれたので、人体の基準は女性になっている。だから男に乳首があるのだといった。もしも男が最初に発生したのであれば、男の人生において不要なものが、体についているわけがないというのだった。私は、

「ほー」

といいながら聞き、それはそうかもしれないとうなずいた。

彼がそれを私に話した理由は、当時、そこここに存在していた、「お前のことは俺が

全部わかっている。だから俺に付いてこい」というタイプの男性を、私がきらいなのを知っていて、自分はそうではないと表現してくれたのだろうと、後日、私は理解したのだった。

そして今、彼らにとっては何の役にも立たない乳首を持って生まれたために、好かれたいと思っている若い女性たちから、あれこれいわれる。こんな気の毒なことがあるだろうか。着たら形が出ちゃうのだから仕方がないではないか。男性も中年になると、もちろん女性ほどではないが、胸がふくらんでくるという話はよく聞いた。なかには、

「妻よりも大きくなったかも」

という人までいた。たしかにTシャツの上からでも、胸がたるんでいる感じがわかる中年男性がいるが、私はそれを見ても不快にはならない。加齢による体形の変化で仕方がないからだ。女もたるむが、男もたるむのである。

放送のなかで、Tシャツを着ても乳首問題が起きない男性たちも紹介されていた。それはボディビルなどで大胸筋を鍛えている人たちで、彼らはTシャツを着ても乳首問題は起きないという。実際にぴったりとしたTシャツを身につけてもらうと、たしかに乳首は盛り上がって見えない。大胸筋を鍛えると乳首が下を向くから、というのがその理由である。乳首よりもその上の筋肉を盛り上げるという理屈なのだろう。それでいうと

乳首問題が発生する男性たちは、いまひとつ大胸筋の厚みに乏しいという結論になる。胸がふくらんでくる中年男性も同様に、大胸筋が衰えてそうなるのだろう。

しかしみんながみんなスポーツジムに行って鍛えられるわけでもなし、それは女性のすべてが高級エステに行けるわけではないのと同じである。なのにどうして若い女性は、そんな些末なことをいちいちいやがったり、笑ったりするのだろうか。私は乳首の形がわかるTシャツ姿の男性よりも、彼女たちの態度のほうがずっと不快だ。どうして男性のそういった状態が気持ち悪いのか、彼女たちの感覚がまったく理解できない。

なぜ彼女たちがそのような、私にとっては些末な事柄をいちいち気にするのかを考えてみた。それに気付くのは若い男性をよく見ているからだろう。だから目についてしまう。もともと見ていなければ、そんな状態になっているのはわかるはずがない。偉そうな若い女性たちは異性の姿を見れば品定めをし、同性がやってくると瞬時にその人の欠点を探す。そして異性に関しては、同性同士で、

「あれっていやだよね」

という話になり、同性に関しては、あれこれいって自分がいやな女と思われるのは避けたいので、こっそりと優越感に浸《ひた》る。自分たちも一部の男性から陰で品定めされているはずなのだ。それを知ったら恥ずかしくてたまらないだろうに、自分たちについては

すべて棚に上げて、他人に対して気持ち悪いだの何だのといって笑う。それも相手の態度とか立ち居振る舞いとか、礼儀などではなく、どうしようもない事柄に対してである。彼らは外見に関しては不潔なわけでもないし、周囲に迷惑をかけているわけでもない。ただ普通にTシャツやYシャツを着ていたら、乳首の形状がわかってしまっただけなのだ。

またこの話より少し前に、中国の「北京ビキニ」のニュースを知った。中高年男性がほとんどなのだが、暑いので肌着のシャツやTシャツをまくりあげて、腹を丸出しにするスタイルをそのように呼ぶのだ。外国人観光客が多く訪れるなかで、その姿がみっともないので、自粛《じしゅく》するべきだという話だった。腹を出して縁台に座っていたり、バイクに乗っていたりする現地の男性を観て、私は、

「日本でも昔はこういうおじさんがいたよなあ」

と思い出した。私が子供の頃は、特に男性は、通勤用のスーツは別だが、家の内と外にはほとんど境界線がなかった。ダボシャツにステテコ姿でそこいらへんを歩いていたし、真夏だと上半身裸のおじさんもいた。それどころか三、四歳のときには、腰巻き一枚で両乳丸出しのおばあさんが、縁台に座って団扇《うちわ》であおいでいる姿さえ目撃した。しかしそのような姿はだんだん欧米基準でみっともないということでマナー違反になり、そういう姿で外を歩いている人はほとんど見なくなった。

それに比べれば、乳首の形があらわになっていたとしても、若い男性たちはまともな格好をしている。それなのに異性からあれこれいわれる。本当に気の毒としかいいようがない。Tシャツを脱いだときに、胸にニプレスを貼っている姿のほうが、よほどみっともないと思うのだが。ともかく若い女性たちは、小姑《こじゅうと》みたいに他人の外見に対してうるさすぎる。他人を笑えば笑うほど、それがブーメランのように、自分に戻ってくるのがわからないらしい。まあそういう人たちは、他人の行動には敏感、自分の行動には鈍感なので、永遠にわからないのかもしれない。彼女たちには、「寛容」「許容」という熟語をぜひ知っておいて欲しいし、そんな女性たちのいうことなど気にするなと、若い男性たちにいいたいのである。

23
両肩丸出し

ある五月のことだった。電車に乗っていて隣の駅に到着したら、ドアが開いた目の前のベンチに、諸肌脱《もろはだぬ》ぎとまではいかないまでも、水色の襟付きのシャツの前ボタンを大胆にいくつもはずして、両肩丸出しの若い女性が、うつむいてスマホをいじっていた。下にはタンクトップを着ていたのだが、シャツはシャツとしての体《てい》をなしておらず、ただ体に中途半端にからまっているような扱いになっていた。私は向かいのホームに停《と》まっている快速電車に乗り換えるので、

（どうしたのか。あまりに暑いので脱ぎかけたのか。それとも、もともとああいったファッションなのか。それにしてもどうしたんだ、あの格好）

と驚きながら、何度も振り返ってしまった。周囲の若い人たちは見慣れているのか、何のリアクションもなかったが、私と同年輩のおじさんやおばさんは、びっくりした表情で私と同じように何度も彼女を振り返って見ていた。

以前、シャツの襟やブラウスを抜き衣紋《えもん》みたいにして着ている女性たちを何人も見た。それが流行の着方なのはわかったが、特別素敵でも何でもなく、見るたびにシャツやブ

ラウスの前身頃《まえみごろ》をぐっと引き下ろしたい衝動にかられた。

「ちゃんと着なさいよ」

といいたくなった。しかしそれが一段階進んで、抜き衣紋では飽きたらず、諸肌脱ぎに近くなってきたらしいのだった。

ファッション的にはオフショルダーの一種なのだろうが、見た感想としては、「とても面倒くさい格好」だった。両肩を出し腕を覆いたいのであれば、タンクトップにショールをふわっと羽織ればいいし、そちらのほうがずっとエレガントのような気がする。だいたい流行のファッションはぎょっとするものが多いけれど、あの中途半端なだらしなさは何とかならないのかと思う。

雑誌では欧米人のモデルたちが、シャツやブラウスの胸元を大胆に開けて、片方の肩を丸出しにしたり、下には見えてもいいブラトップを着たりしていたが、それでもかっこいいとも素敵とも感じなかった。欧米人のモデルがしてもそうなのだから、それをいくらスタイルがよくなったとはいえ、一般的な日本人がやっても似合うはずがない。肩幅がしっかりしていて、骨格が太い体格だと、そういった着こなしでもめりはりがついて似合いそうだけれど、ただでさえ細く、なで肩の日本人女性がすると、

「暴漢に襲われてシャツの後ろの襟首をつかまれたのを、必死に逃げてきて助かりました」

といったふうになる。何かよからぬことが起こった感が漂っている。両肩を出したいのなら、丸出しにできるチューブトップもあるし、オフショルダーのブラウスなどもある。なのに、なぜわざわざシャツのボタンをはずしてあんな格好をしなくてはならないのか理解できない。若い女性たちがそんな格好をしたとしても、私は何の被害もないが、

「変なものを見た」

という記憶は残る。そういったファッションの着こなし方のポイントとして、ある本に、

「中途半端にやるといやらしく見えるので、大胆にやりましょう。でもだらしなく見えないように」

と書いてあったが、どう見てもだらしがないのだ。

そして夏になったら両肩丸出しが目に付くようになった。なかには大胆にシャツの前ボタンを開けているのはいいが、冷房の効いた車内で、咳《せ》き込みながらスマホをいじっている女性もいた。しかし彼女としては、出している両肩が寒いといった素振りを見せると、今日のファッションを台無しにするので、げほげほいいながらもじっと耐えているようだった。昔、ファッション評論家が、

「お洒落は我慢」

といっていたが、その我慢が連日続くと、顔つきが悪くなりそうだ。流行のファッ

ションをしている私という自信と、我慢している辛さが複雑に絡み合い、感じのいい表情ではなくなるのは想像できる。外では気張ってそういったファッションをしている人に限って、人目のない家の中では、ゆるゆるの十年物のジャージを着ていたり、眠くなったらそのままで寝るといった、だらっとした格好をしていそうだ。

昔、渋谷周辺で若い男性の腰パンが流行ったが、両肩丸出しにはそれと同じような、かっこいいというよりも不潔な感じが漂う。そのときも欧米人の腰パンを雑誌で見たが、骨格がしっかりしているので、腰パンでも全然いやらしく見えなかった。以前にも書いたことがあるが、世界大会に出るほどの水泳選手が着る水着が、相当なハイレグだと知って、まったくそうは感じなかったのでへええと思った。一般の女性がハイレグ水着を着ていると、どことなくいやらしさが漂うが、アスリートの彼女たちが着ているとまったくそうは感じない。それはハイレグ水着にふさわしい筋肉、体格があってのものだからだろう。男性としてはいやらしさが漂うほうが、うれしいのかもしれないが。

しかし、

「お前の、大根足とはいえないくらい長さのないカブのような足で、なぜミニスカートを穿《は》くのだ」

と父親に呆れられ、それでもミニスカートを穿いていた過去の自分がいるので、若い人たちについて、あれこれいえる立場ではないが、セクシーではなく、だらしなかったり不潔さを感じさせるものはよろしくない。

年下の知人に聞くと、今はファッションも化粧も、韓国の流行が日本の若い人の流行になるらしい。美少女、美男子を意味する「オルチャン」を使って、オルチャンファッション、オルチャンメイクというそうだ。画像を検索してみたら、現地の女性でも肩丸出しが似合っている人も似合っていない人もいた。メイクを見ていて、

「なるほど、若い女性たちはこれを真似していたのか」

とはじめてわかった。以前はよく見かけたナチュラルメイクというよりも、肌を作り込んで真っ赤な口紅をつけるスタイルも、オルチャンメイクを参考にしたようだった。

私が若い頃は、途中に中国ファッションブームもちょっとあったけれど、何が何でも欧米を参考にして、いつも根底にあるのは、欧米のファッション、メイクだった。それが今は韓国のファッション、メイクを参考にするようになった。韓国とはいろいろと問題があり、今でもずっとつながってトラブルが起こっているので、若い人が変なわだかまりもなく、素直に好意を持って参考にするのは、とてもいい。

「でもメイクだけじゃなくて、明らかに顔に手を加えているにおいもするので、真似をするのもほどほどにしたほうがいいよね」

と年下の知人に話したら、

「だから韓国に行って、お直しする日本の若い人も多いんですよ。もちろんおばさんもいるんですけどね」

と教えてもらった。手術代が安いので、人気があるのだそうだ。新大久保などでは昔は売られているのは食品が多かったが、最近は安くてきれいな色のメイク用品や、基礎化粧品もたくさん売られているという。たしかに日本の女性アイドルは、幼稚、かわいいのが主流だが、韓国の女性アイドルは若くても「女」を感じさせる。そこが日本人の若い女性の、憧れのツボにはまったのかもしれない。

それにしても両肩丸出しはいつまで流行るのだろうか。幸いなのは抜き衣紋よりは人数が少ないことだ。さすがに若い女性の多くがとびついたわけではなく、チャレンジ精神の旺盛な人がやっているのだろう。潔くチューブトップで肩丸出しにするか、ショールなどでやんわりと隠すか、それとも私が見るたびに、

「あーっ」

と叫んで、前身頃を引き下ろして正しい位置に戻したくなる、あの中途半端でだらしないスタイルを選ぶか。次の夏になったらわかるだろう。それまでに衝動にかられる私の気持ちが、目が慣れて収まるかどうか次第だが、あれに関しては、きっといつまで

経っても慣れることはなく、見るたびに、
（あの格好は許せない）
と、ぶつぶついっているに違いないのである。

24 出品

ニュースで某有名予備校の模試の問題が、フリマアプリのサイトで売買されていると報じていた。

「こんなものまで売る時代になったのか」

と私は呆れつつ、子供もスマホを持つ時代になったので、お小遣い欲しさに、親の目が届かないからやっちゃったのだろうかとか、模試が全国一斉ではなかったらしいので、先に問題を知りたい子供や親がいるとふんで、親のほうが出品したのだろうかとか、いろいろと考えた。最初はそのつもりがなかったのに、誰かが先に出品しているのを見て、手元に同じものがあるので、自分も売ってもいいような気がして、真似をしてあとに続いたりしたのだろう。親がするのはアウトだし、子供を偏差値の高い学校に入れたがる前に、そういうことをしない常識をわきまえた子供に育てて欲しいものだ。

これまで、「こんなものまで売る」人たちで驚いたのは、三十年近く前、ブルセラショップというものがあると知ったときだった。「ブルセラ」はブルマーとセーラー服という意味らしい。セーラー服フェチの人はいるから、制服がお金になるのは理解できたが、ブルマーや下着までと驚いた。しかしある一部の人たちにとっては、いちばん上に着るものよりも、肌に近いところに身につけるそれらのほうがずっと価値があるわけだ。

お店に品物が入るルートとしては、ゴミとして出されたものを業者から買い取ったり、着用した人から買っていたりしたようだ。嘘か本当かわからないが、着用した下着をそのまま店に持って行って、買い取ってもらうという女子中、高校生の話を、雑誌で読んだ記憶がある。誰が買ったかがわかるといやだけれど、買う人間の顔なんかわからないので、自分の穿いたパンツがお金になるのなら、それでいいといった、あっけらかんとした発言だったと記憶している。

当時、私は三十代後半だったが、彼女たちの、

「体を売るのはいやだが、パンツは平気」

という感覚が面白くもあったし、親が知ったらどう思うのだろうかと考えたりもした。検索サイトで調べてみたら、彼女たちの前は、人妻やＯＬが下着などを売っていたようで、それが低年齢化したのだった。

「今の女子高校生たちは、そんなことをしてるのね」

と年下の編集者たちと話していたら、ある女性が、

「そんなの、若い子が穿いていたか、おばちゃんが穿いていたかわからないですよね。

『これは自分のです』っていうアルバイトの女の子を雇って、おばちゃんたちが穿いたパンツを店に持って行ったら、ものすごく儲かるんじゃないですか」

といいはじめた。するとそれを聞いた男性が、

「そんなことできるわけないじゃない。店側だって目利きだから、これは女子高校生のものか、おばちゃんのものか一発でわかるに決まっている」

というのだった。

「いったいどこが違うのよ」

と聞いた彼女に、彼はもごもごと口ごもっていいにくそうにしていたが、

「どっちにしろ、プロの目はごまかせないんだよっ」

といい放った。彼女は不満そうな顔つきだったが、店の人だって持ち込まれたものを、はいそうですかとそのまま買い取るわけではなく、何かしらの判断の基準があるはずで、私はプロの目はごまかせないだろうと思った。

その後、同席していた彼らのところに、某企業から精子提供に関するパンフレットが送られてきた。結婚はしたくないけれど、子供は欲しいという女性たちが出てきた頃だった。優秀な男性たちが勤務している会社として、その企業のお眼鏡にかなったのだろうけれど、彼らは、

「ゴミ箱に捨てているものが三万円になるなんて」

と色めき立っていたが、具体的にその話にのった人は、私の知り合いではいなかった。男性も女性も、様々なものを売る時代になったのだなあと面白がりつつ、呆れていたのだが、インターネットなどの発達によって、物の流通が変わってきた。個人で何でも売れるようになり、買いたい人も簡単に買えるようになった。そして子供までスマホを持つような時代になって、彼らがそのような売買に加わるようになった。事実、子供が勝手に買い物をしてしまい、親からのキャンセルも増えているという。

以前からオークションサイトはあり、私ものぞいたことがあった。見たのは呉服関係のものばかりだったけれど、個人が不要なものを出品していたり、倒産した店舗の在庫品とおぼしき品物もたくさん出品されていた。私は買い物をした経験はないが、担当編集者が素敵なワンピースを着ていたので、

「とてもよく似合いますね」

と褒めたら、

「これはオークションサイトで二千円でした」

といわれて、その買い物上手ぶりに驚いたものだった。

評判になっているフリマアプリのサイトをいくつか見てみたら、出品する物に対して、

とても厳しい基準が設けられていた。もちろんアダルト系はだめだし、ブルセラ系もだめ。出品が禁じられている物のなかに手元にないものという項があったが、私がこれまで利用した、通販をしている実店舗で、手元に商品がないのに売買をしている店が何軒かあった。

良心的な店、というか商売をする立場としては、この商品は取り寄せなので、◯日ほど日にちがかかると明示するべきなのだが、在庫ありになっているのに、注文してみたら届くのに二週間かかった。途中、状況を確認するのにメールをしたら、取り寄せているると返信が来て、

「はあ?」

と腹が立った。この場合の「在庫あり」は、常識的な在庫ありではなく、店のいい分としては、うちの店にはないけれど、問屋にはあるという意味だったらしい。これは明らかに嘘であり、フリマアプリでもトラブルの元になるので、避けるようにとあったが、個人でなくてもこういうことをする店がある。私が利用したなかではそのほとんどが呉服関係の店というのも嘆かわしかった。

それで懲《こ》りて、店から受注のメールが来た際、サイトなどにその可能性など何も明記されておらず、取り寄せになると書いてあったときには、

「在庫ありとあったから注文したのに、どういうことですか」

とたずねるようにした。するとあわてたような返信が来て、キャンセルしてもよいと書いてくる。もちろんそういう店は信用できないので、すぐにキャンセルさせてもらったが、物を売るのは神経を使う作業なのだ。

メールでのやりとりにも、先方に失礼がないように気を遣うし、売買が成立して品物を送るのにも、相手に不快な思いをさせないように梱包にも注意を払わなければならない。気を遣うところだらけである。だからみんなよく気軽にフリマアプリに出品できるなと感心する。なかには高校の野球部から野球用品を盗んで出品した輩がいて、実はフリマアプリのサイトは泥棒市場などと呼ばれていたが、いくら規約に書いてあったとしても、それがチェックできなければ意味がない。

元号が令和に替わった際、数多くの御朱印《ごしゅいん》が出品されたのを知ったときも、

「ここまできたか」

と呆れてしまった。私にはブルマーやパンツを売買する心理のほうがまだ理解できた。男女がいる限り、そういった類《たぐい》の事柄は発生する。私は不信心で何の宗教も信じていないけれど、御朱印を出品するというのは、日本人の根源的な心の問題を乱されたような気持ちになった。出品するほうもするほうだが、買うほうも買うほうなのだ。私は御朱

印を収集する趣味はないけれど、金銭の授受はあるものの、神社仏閣に施しをさせていただき、そのかわりに頂戴するものだ。それを一般の商品と同じように扱っている、彼らの気持ちに違和感を持つのだ。フリマアプリサイトの規約には反しないかもしれないが、常識、良識については疑わざるをえない。お金が欲しい人は、売れそうなものだったら何でも売るのだろう。でもだいたいそういう人はもともとの気持ちがせこいので、小さい金額のお金しかまわってこない人生になっているのである。

インターネットが生活に入ってくるようになってから、今まで見えてこなかったものがすべて明らかになってきた。個人的な売買が活発になってよかったのは地元の人たちが、

「運んでくれるのなら、ただで家具をあげます」

と不要なものを譲ったり、自分のできることが誰かの助けになるのならと、時間と能力を提供したりできるようになったことだろうか。悪かったのは基本的な人の気持ちとか、常識を無視し、売れるものなら何でも売って換金したいと思っている人が多いとわかってしまった点だ。昔もそういう人はいたと思うけれど、それはごく一部の領域での出来事で、ほとんど他の人にはわからなかった。それがインターネットでたくさんの人に知られるようになった。便利なものは表裏一体である。

オークションサイト、フリマアプリサイトを見てみると、私は着物関係のものの値段

の相場くらいしかわからないが、なかには、

「何でこんなに高いのか」

と不思議に思う価格で出品されているものもある。手数料のつもりなのか、正規の値段よりも千円、二千円程度ではない金額が上乗せされて売られている和装小物があった。気になって後日、見てみたら売り切れていた。

サイトを利用する際に、自分の基準を持って、他の様々なサイトを見ている人は、お得なものが判断できるが、そうでない人は素敵と思ったらよく調べず、だいたいが一点物なので、ぱっと買ってしまうのかもしれない。他の店舗では同じもの、当然、未使用品がそれよりも安い値段で売られていたのにだ。

その一方で格安の価格で、もちろん洗濯済みなのだが、一度着用した足袋《たび》まで売られていた。薄いしみがあると明記されていた。たしかに足袋も安いものではないけれど、私の感覚では足袋は肌着と同じ感覚なので、洗濯したとはいえ一度履いた足袋を他人様に差し上げるのはためらわれる。それが汚れがまったくなく、アイロンをかけてぴしっとさせていてもだ。ましてや売るのはどうなのかなと首を傾げる。

汚れやしみがあるものに関しては、

「神経質な人はご遠慮ください」

とだいたい但《ただ》し書きがついている。着物などの直接肌に触れないものについては、いってみれば古着なのだし、程度によっては問題ないけれど、さすがに足袋はどうなのかなと思ったのと同時に、

「私って神経質なのかしら」

とちょっとびっくりした。それは神経質というより礼儀の問題だと思うのだけれど。人の感覚はそれぞれだし、使用済みの足袋を売ろうとする人がいるのもわかったし、それでも欲しいと購入する人がいるのならそれでよいのだが。

個人的な売買は、性善説の信頼関係によって成り立っている。それがなければ誰も買わない。しかし現在の日本人の精神的な変わりようからいって、はたして性善説でいいのだろうか。私は昔から性悪説の人間なので、だから人間は悪いことをしでかしそうな自分を律して、生きていかなくてはいけないと思っている。といっても初対面の人を疑うようなことはしないけれど、自分が余計な神経を遣いそうなものからは遠ざかるようにしている。だから手元に不要品があっても売ったりしないし、売るくらいならバザーをやっている団体にすべて提供する。そのほうがずっと気楽なのである。

インターネット、ＳＮＳで露呈するのは、人の欲だ。フリマアプリサイトなどは、金銭欲が凝縮されたような場所だ。百万円以上のものから何百円のものまで出品されてい

る。価格がいくらであっても、必要としている人のところに、手放したいという人のものが届くのは喜ばしいし、多くの人々はきちんとすべてのルールに基づいて、やりとりをしているはずだ。しかし時折、御朱印、模試の問題など、予想もしないものが登場する。私はサイトを見ている分には面白いが、そこに加わろうとは思わない。これからいったい何が出てくるのだろうか。ブルセラショップでパンツを売っていた女子高校生は、現在四十代半ばだ。売買に抵抗のない彼女たちは、いったい今、何を売っているのだろうか、それともそういった事柄からは手を引いたのだろうかと、ふと考えるのである。

初出

集英社ノンフィクション編集部公式サイト
「よみタイ」
https://yomitai/
(2018/10~2019/9)
単行本化にあたり加筆修正いたしました。

装画／本文イラスト
元祖ふとねこ堂

装丁／本文レイアウト
今井秀之

校正／聚珍社

編集協力／増子信一

群ようこ（むれ・ようこ）

1954年東京生まれ。日本大学藝術学部卒業。

広告会社勤務などを経て「本の雑誌社」入社。

1984年にエッセイ『午前零時の玄米パン』で作家としてデビューし、同年に専業作家となる。

小説に『無印結婚物語』などの〈無印〉シリーズ、『散歩するネコ れんげ荘物語』などの〈れんげ荘〉シリーズ、『今日もお疲れさま パンとスープとネコ日和』などの〈パンとスープとネコ日和〉シリーズの他、『かもめ食堂』『ついに、来た？』『また明日』、エッセイに『ゆるい生活』『欲と収納』『還暦着物日記』『この先には、何がある？』、評伝に『贅沢貧乏のマリア』『妖精と妖怪のあいだ 評伝・平林たい子』など、著書多数。

いかがなものか

2020年3月30日　第1刷発行

著　者　群《むれ》ようこ
発行者　茨木政彦
発行所　株式会社集英社
東京都千代田区一ツ橋2-5-10　〒101-8050
電話　編集部03-3230-6143
読者係03-3230-6080
販売部03-3230-6393（書店専用）
印刷所　凸版印刷株式会社
製本所　加藤製本株式会社

ISBN978-4-08-788034-2　C0095

群ようこの好評既刊

しない。

決めつけず、縛られず。
自分なりの取捨選択で、身軽でラク、豊かな暮らし。
かるく、ゆるく、日々快適生活へ。
買った。使った。溜め込んだ!
そんな生活にさよならして、
自分なりに見つけた「しないこと」
通販で買わない・女性誌は読まない・
不要な付き合いはしない・カフェインは摂らない等、
心地よい日常を呼ぶヒント満載エッセイ。

集英社